桥上桥下

冯文军 著

同济大学出版社

图书在版编目（CIP）数据

桥上桥下 / 冯文军著. -- 上海：同济大学出版社, 2021.4

ISBN 978-7-5608-9814-8

Ⅰ. ①桥… Ⅱ. ①冯… Ⅲ. ①随笔—作品集—中国—当代 Ⅳ. ①I267.1

中国版本图书馆CIP数据核字(2021)第038483号

桥上桥下

冯文军　著

责任编辑　丁会欣
装帧设计　陈益平
责任校对　谢卫奋

出版发行　同济大学出版社　www.tongjipress.com.cn
（地址：上海市四平路1239号　邮编：200092　电话：021-65985622）
经　　销　全国各地新华书店
印　　刷　上海安枫印务有限公司
开　　本　890mm×1240mm　1/32
印　　张　5.25
字　　数　141000
版　　次　2021年4月第1版　2021年4月第1次印刷
书　　号　ISBN 978-7-5608-9814-8
定　　价　48.00元

目 录

序

桥梁是跨越障碍物连接彼岸的通道。千百年来，人们爱桥、颂桥、写桥，不仅因为桥梁具有实用功能——带来交通便利，而且因为桥梁富有艺术效果——融入环境成为标志、文化底蕴——见证重要历史、地域风情——成就地区辉煌，有的城市甚至因桥晋级为“桥都”。《桥上桥下》堪称一部融合了桥梁专业、桥梁艺术、桥梁文化和桥梁风情的作品。

《桥上桥下》作者冯文军先生，尽管在高考选报同济大学时，刻意回避了土木类专业，但是由于“缘分”，赴德经商十年后回国创业，自愿“误入”土木行业。多年前，因他创办我国第一家桥梁病害博物馆，而与他相识、相知。2020年国庆前夕，他专程来访，送上《桥上桥下》书稿。正好利用国庆长假，读了几遍，爱不释手，特向桥梁业内外同仁推荐。

古有“二十四桥明月夜”的美丽诗句，如今图文并茂的《桥上桥下》也恰由24篇游记体散文组成，读者跟随作者周游世界的脚步，不仅是欣赏各地著名桥梁的科普之旅，也是一次文化探寻之旅。

教科书和科普读物中介绍桥梁分门别类和结构特点的并不少，但宣传桥梁文化与美学欣赏的却不多，如作者这般以亲身的经历和感悟，娓娓道来一个个趣味盎然的故事，抒发因桥而生的一缕缕情愫，让一座座桥梁变得鲜活而生动起来，更是难能可贵。

可见，桥梁虽隶属土木工程范畴，但绝非“又土又木”，它雄伟壮美的造型或优雅精巧的曲线，不仅将万里河山点缀得绚丽多彩，也丰富了我们的精神世界。桥梁在见证人类文明进步的同时，赋予了我们许多思想启迪，或许，这正是桥梁的魅力所在，也是桥梁美学的至高境界。

生活中，桥梁早已是无处不在，桥梁的建设更是日新月异，更多、更大、更高、更难建造的桥梁，伴随着时代的发展应运而生。桥梁之美需要我们去创造，更需要我们去发现、去欣赏。但愿《桥上桥下》能像一座沟通的桥梁，使广大读者通过阅读了解更多的桥梁知识与文化。也希望有更多的桥梁从业者和爱好者能与作者一样，积极地推广桥梁文化，让身边一座座“土木”之桥，如一道道彩虹将我们的生活映照得愈加熠熠生辉。

葛耀君
同济大学教授、国际桥梁与结构工程协会主席
2020年10月

自序

缘分这东西，真是说不清道不明，无论你知不知晓，也不管你愿不愿意，该来的时候总会悄然而至，哪怕你将信将疑或半推半就。而一旦你确信无疑，顿感一路走来早已由缘分注定。

我与桥梁的缘分便是如此。

40年前参加高考，虽选报同济大学，但刻意回避了土木类专业，岂料毕业时还是被安排到市政行业“重点培养”。后来被委派至德国经商，期间居住10年的城市汉堡恰是有名的世界桥梁之都。回国创业，误打误撞，终于自觉自愿地成了土木行业的一员。因为长期驻外的经历，有幸多次陪同上海建设行业的领导与专家，考察欧洲各地的桥梁。但怎么也没想到，桥梁会成为我下半辈子从事的主业，仿佛冥冥之中上帝之手一直在默默牵引。

蓦然回首，曾经走过的一座座桥梁，何尝不是人生的一段段里程？难忘的经历里，不仅有对各种不同结构形式桥梁的直观认识，有对世界各地著名桥梁身世与趣闻的探寻；也不乏透过一个个石拱回眸历史的天空，贴近一根根钢索呼吸文化的气息；还包含因桥而起的一个个故事，由桥而生的一缕缕情愫。光阴荏苒，漫步于桥上的一串串脚印，终将成为一段段暖心的回忆。

《桥上桥下》的书名被用得很多，同济老校长李国豪先生就曾写过一本同名的少儿科普读物，讲授桥上桥下的桥梁专业知识。如今我也想采用这个既通俗明了又意味深长的书名，意欲紧随老校长的脚步，站在桥上桥下看世界、诉心声，权当是表达对桥梁的一片挚爱，对老校长的一种祭奠。故特地请老校长的后继者、国际桥梁与结构工程协会主席葛耀君教授为本书作序，委托同济大学出版社出版，在此一并表示衷心的感谢！

作者

2020年10月

▲ 悉尼的经典画面

世界只为成功者喝彩

古今中外，千千万万座桥梁，绝大部分都是默默无闻的，但也不乏佼佼者闻名遐迩，悉尼的海港大桥便是其中之一。每当跨年迎新的夜晚，灿烂的烟花将海港大桥映照得愈加雄伟而又不失优雅，它与贝壳外形的歌剧院隔海相望相映成辉，成为澳大利亚最经典的画面。

能够成为悉尼的地标建筑，乃至澳大利亚的象征，海港大桥无疑是幸运的，但如果了解它的身世与贡献，便能理解它何以享有这份荣耀。

为了连接悉尼港口的南北两岸，早在1815年就有人提出建造桥梁的计划，但直到1857年才有第一份设计方案，又几经修改，于1923年破土动工，八年多后的1932年方竣工通车。实可谓：百年磨一剑，梦想终成真。

这是一座单孔钢拱桥，跨径达503米、拱高达134米，在当时曾被称为世上最大跨径的钢拱桥。直到70多年后，世界第一的桂冠才先后被

▲ 俯瞰海港大桥

中国上海的卢浦大桥、重庆朝天门大桥夺走。但在20世纪二三十年代的经济与技术条件下，在海上建造如此浩大的工程，用钢量5.28万吨，铆钉数超过600万个，耗费财力和施工难度可想而知。为了不影响万吨巨轮的进出港航行，悉尼海港大桥充分展现出拉索吊装桥面实现跨径最大化的优势。因为当时斜拉桥、悬索桥技术尚未完全成熟运用于大跨径桥梁，钢拱是主流的大桥形式。虽然大量使用钢材造价昂贵，易受海风海水腐蚀，后期维护成本较高，但大跨径桥梁为通航带来的经济效益，以及犹如长虹贯空的优美造型，足以让悉尼人作出选择——采用钢拱的结构形式。

悉尼人形容海港大桥的造型像个“老式的大衣架”，不管是爱称还是嘲讽，都不妨碍它成为四方宾客追捧的必游之处。如果不拍一张与海港大桥及

▼ 远眺海港大桥

歌剧院的合影，能算到过悉尼吗？丽日下，碧蓝的天空与大海携手为大桥作衬托，巍峨俊秀的大桥仿佛是蓝色幕布上的油画。夕阳里，金黄的余晖穿过一根根吊杆，将弧形拱倒映在海水中，上下两个拱合在一起，像极了待吻的大嘴唇。夜晚，拱圈和吊杆上无数盏灯似繁星闪烁，吸引一对对浪漫情侣，在宽阔的桥面上（海港大桥49米的宽度至今仍是钢桥之最）牵手漫步。

海港大桥不仅为悉尼吸引了无数的游客，甚至还被精明的悉尼人直接当作了“摇钱树”。设计建造时特地在拱肋上留出的检修通道，从1998年开始，被开放给公众付费攀爬。人们慕名而来，为了登临134米高的拱顶，俯瞰歌剧院、眺望达令港、将悉尼港湾的醉人景色尽收眼底，区区200澳元（根据不同时段价格有别）何足挂齿！悉尼海港大桥以此又一次赢得了世界第一，它至今仍是唯一允许游客爬到拱顶的大桥。据说还能在拱顶上，迎着海风放声高歌。游客心旷神怡、血脉偾张之余，每年数百万澳元已流入海港大桥的塔楼。不知当年的大桥设计师是否料想到几十年之后财源竟会因此滚滚而来？跨海大桥原来还能被赋予更多的功能，桥梁的含义从此也被补充得更加丰富。

▲ 夕照海港大桥

2005年春节，我们到访悉尼，因为是跟团旅游，受时间限制，没能

▲ 攀登海港大桥

▲ 海港大桥夜景

有机会攀爬海港大桥登顶俯瞰，只有远远地欣赏它的雄姿伟貌，留张影，匆匆满足到此一游的夙愿。

以后的十多年里，我曾浏览世界各地的许多桥梁，却也很少见到如同悉尼海港大桥这般代表国家形象出尽风头的。悉尼海港大桥也像个居功自傲的“高富帅”，每每被家人到处张扬显摆，受宠至极。

其实，悉尼海港大桥得以名满天下，除了自身条件优越，也离不开许多外在的因素。否则，与它跨度相同且早一年竣工的美国巴约纳大桥，为什么一直寂寂无闻呢？后来居上、至今仍高居钢拱桥跨径榜首的中国重庆朝天门大桥，为什么知之者甚少呢？试想：如果海港大桥不是处于悉尼市中心的海滨，没有歌剧院婀娜妩媚的陪伴，不是时常作为悉尼的地标甚至澳大利亚的国家形象现身，还能享有如此盛名与万千宠爱吗？其中的道理不难理解，万事成功都需要天时地利人和！

▲ 珠联璧合

从悉尼海港大桥归来，不许再抱怨怀才不遇，也无需羡慕嫉妒，要知道：平台造就伟大，世界只为成功者喝彩！

你是水乡看不见的魂

桥，因水而生，有江河水流的地方，一般都有桥。桥，不仅便于人们跨江越河，往往也成了生活中的一道风景线。尤其是水乡，如果缺少年代悠久的古桥，再美的古镇也会黯然失色。原来默默无闻的周庄，不就是靠陈逸飞画了它的一座桥而蜚声海内外的吗？所以，游览水乡，有桥的地方一定人最多；桥在哪里，哪里就是摄影师的“伏击点”和游客的留影处。

一座座水乡的桥，定格在相片里，也烙印在内心深处，成为储存

▲ 浙江塘栖古镇拱桥

▲ 威尼斯里亚托桥

记忆的索引，稍一点击，便可翻开一段段回忆。

欧洲最大的水乡，无疑要属意大利的威尼斯。威尼斯留给人们的印象，除了圣马可广场、贡多拉小船，一定还有那无处不在的桥梁。

在威尼斯400余座桥梁中，里亚托桥作为最著名的地标是当之无愧的，来威尼斯的游客基本都会来此报到。它历史悠久，最早建于1180年，因原木桥垮塌，1592年改建完成如今的石拱桥。里亚托桥外形独特新奇，大弧度的拱圈上，沿两侧桥坡盖了一条商业长廊，露出成排的小圆拱门洞，远看更像是

▲ 威尼斯叹息桥

一栋优雅的建筑物。桥上人流如织，摩肩接踵，两边的商铺一家紧挨着一家，好奇的游客无法辨别，莎士比亚笔下奸诈的威尼斯商人曾经站在哪个位置。

还有传说中的叹息桥，尽管躲在圣马可广场背后的小水巷里，但依然逃不过游客的眼睛。分明就是两栋房子之间的封闭式连廊，因为廊下有河，便被称作桥。前楼总督宫里审判完的罪犯，通过密不透风的连廊被送到后楼的监狱，咫尺之间，自由尽失，只能在桥上留下一声叹息，故小桥得名“叹息桥”。

▲ 威尼斯的小桥

乘坐威尼斯的特色小船贡多拉，是许多游客的必选项。沿着似乎是生长在水里的一排排老房子，荡漾在纵横交错的狭窄水巷里，优哉游哉，像是在迷宫里打转。从一座座叫不出名字的小拱桥底下穿越，似曾经过，却又似是而非。因为越是普通的桥梁，没有明显的闪光点，越会觉得看起来相似。就像我们大部分人的平凡人生，离开了霞明玉映，油盐柴米皆雷同。其实，芸芸众生，皆为沧海一粟。

然而，即使是再朴素无华的小桥，即便成不了游客追捧的景点，照样骄傲地站在小巷的尽头，像是得意地宣告：舍我此路不通！默默无闻

▲ 威尼斯的小桥

▲ 威尼斯的小桥

绝非可有可无，每一个存在都有不容忽视的价值。

临桥而坐，或饮或餐。你把小桥当作背景画，桥上的人也把你看成风景线，恰似生活里各有各的角色，各有各的故事。

有人说：威尼斯虽有特色，但水城太破旧，小桥太简陋。殊不知，当今世界，新生事物层出不穷，应接不暇，旧的东西日渐稀少，愈显珍贵，怀旧早已不是老年人独享的情怀。凭吊古迹，可以知历史兴衰；斑驳的旧墙，也能引人回首往事，重温甜酸苦辣。曾经走过路过的桥梁，往往像一把把记忆的钥匙，不经意间就会打开思绪的闸门。

1999年的秋天，我乘坐渡轮前往威尼斯老城。渡轮靠岸之际，口袋里的手机响了，低头掏手机时才发现，藏在腰包里厚厚的钱包已经被人拽出了一半，顿时吓出一身冷汗，踏上小桥时直感步履沉重。

2001年的春天，与几位朋友同来威尼斯，朋友坚持要住在老城里。

▲ 威尼斯的小桥

于是，我们拖着行李箱，寻找预定的酒店，困难地翻过一座座桥梁，如同刚从上海十六浦码头下船的民工……

2010年的夏天，全家来威尼斯旅游，中午特地在河畔桥前择席而坐，品尝当地美食。海鲜、意面、比萨饼都上过之后，看到账单，价格竟是意大利其他城市的好几倍。想责问服务员，岂料人家早有准备，知道我们听不懂意大利语，用手点点账单再指指桥梁，显然是要我们“拎清楚”，这里可是景观位置！遇到精明的威尼斯商人，我只能摸摸被人“砍过”的脖子，调侃一句：看一眼威尼斯的桥，好贵啊！

俱往矣！光阴似箭，蓦然回首，曾经的喜怒哀乐，早已随风散去，只剩下有趣的经历，在心里泛起暖暖的涟漪。

一望无垠的大海，虽浩瀚博大，但也难免给人空落落的惆怅。相比之下，小河流淌的水乡，更贴近凡夫俗子的平常生活。一座弯弯的小桥，纵然有些破旧，长满青苔，却可以是当地人挥之不去的乡愁，是陌生人寻路的坐标，是摄影师眼中的魅惑之景。

▲ 威尼斯的小桥

▲ 威尼斯的小桥

▲ 威尼斯的小桥

▲ 威尼斯的小桥

古人说：水不在深，有龙则灵。在我看来，改为有桥则灵，似乎更接地气。有形的桥，就是水乡看不见的龙，给水乡带来便利与灵性，更是水乡看不见的魂，让多少人的心中收藏着与它不离不弃的情感与故事。

奇葩何以香气袭人

在桥梁病害陈列馆里，见到几张似桥非桥的照片，它们具备桥梁的某种功能，又完全不同于普通的桥梁，如果非要将其称之为桥，则必须加上“奇葩”当前缀。而我与这些奇葩桥似乎还扯得上那么一丁点的关系。

荷兰N302公路上有一座水道桥，“桥上走船，水下走车”，叫人听后叹其匪夷所思。隐约记得1996年的秋天，我曾驾车驶过这段公路，当时觉得就是穿越一条很短的隧道，却不知有侧墙的路段全都是位于水下。有人用一张空中俯瞰的照片，将它称作“中间断裂的公路”或“藏在水下的桥梁”，实在是“标题党”的故弄玄虚！据说当初设计师因无法拒绝建造桥梁或隧道的两种方案，索性折中一下，把

▲ 荷兰N302公路的水道桥

▲ 德国马格德堡的水桥

本要向上跨越水面的路段，变成了向下穿过水面，形成了这个既不能说是桥又不像传统隧道的奇葩。

德国马格德堡的水桥，从外形上看，确实像一座桥，但桥上却是一条供船只通航的大河，只有在桥的两侧，行人和自行车可通行。德语历来严谨，把它取名为水路交叉路口（Wasserstrassenkreuz）还是比较切合的。

位于原东德的马格德堡，距离我曾经居住过十年的汉堡只有百余公里，两德统一后，我也去过两次马格德堡，怎么从没听说过有此桥

▲ 佛罗伦萨的老桥

呢？上网一查才知，这个浩大的奇异工程虽然酝酿于1919年，筹备于1938年，但因第二次世界大战以及之后的冷战被长期搁置，直到德国统一后1997年才重新启动，2003年最终完成连接两大运河的宏伟目标，那时我早已回国定居多年。

▲ 远眺佛罗伦萨斯

上述两座奇葩桥，奇异是肯定的，能否真正归类为桥，显然会有争议。我眼中还有另一种奇葩桥，作为桥梁是确信无疑的，但是否属于奇葩，可能也是见仁见智。

▲ 恰似违章建筑的老桥

意大利古城佛罗伦萨享誉全球，作为欧洲文艺复兴的发祥地、世界艺术之都，古往今来赞美的诗文不绝于耳。学院美术馆、圣母大教堂、米开朗琪罗广场，每每叫人心生向往。蜂拥而至的世界各国游客，畅游这盖世无双的艺术圣殿时，必会到距离米开朗琪罗广场不远的维琪奥桥（Ponte Vecchio，意大利文，老桥的意思）打卡。

如果事先没有见过老桥的照片，乍看一定会瞠目结舌，鼎鼎大名的阿尔诺河上最古老的桥梁，怎会这样搭满“违章建筑”？假如没有

▲ 阿尔诺河上桥成行

桥下河水映衬的话，很难觉得眼前是一座桥梁。

建于1345年的老桥，位于乌菲兹宫和隔岸的皮蒂宫之间，为了连接两个宫殿，在桥上造了二层楼的廊道，以后又陆续扩建成了如今的模样。老桥不仅外形不像桥，桥上也有别于普通的桥，两侧都是店铺，分明就是一条商业街。早期鳞次栉比的是一家家肉店、鱼铺，脏乱不堪，后来才整治成了金器和珠宝首饰一条街，所以，老桥又有了金桥之名。悠久的历史、罕见的外形、有趣的故事和热闹的市场，让老桥愈加受到游客的青睐与追捧，没来此游览，怎算到过佛罗伦萨？

所谓的奇葩，往往是因少见而称奇，以奇而博人眼球。然而，殊不知今日的奇葩，昨天可能是屡见不鲜的。或许是因为当时没有汽车等载重运输，桥梁上盖房子成为司空见惯的事。据说巴黎塞纳河上的许多桥梁，原本都有房子，随着城市交通的发展，桥上的建筑才渐渐被拆除。

2015年夏天，我们游览英国巴斯，洋溢着意大利风情的古城，来到市中心的普特尼大桥，只见桥的两边是连成一体的二层建筑，底层

▲ 阿尔诺河上的桥

店铺的落地玻璃门窗，一家挨着一家，与普通的商业街毫无二致。车来人往，浑然不觉行走在桥上。它与我们在国内见到的，廊桥上有人摆摊或搭棚售卖小商品，完全不一样。

随着时代的进步，无论从减轻桥梁的负重考虑，还是着眼于道路交通的通畅，都不再允许在桥梁上盖任何建筑。于是，遗留下来的老古董，不管称之为难得的稀世珍品，还是与众不同的奇葩，它就像个露天的历史博物馆，向人讲述着它的前世今生，且从不在乎后人如何评说。

▲ 英国巴斯的普特尼桥

奇葩，并非美丽的化身、正确的象征，只是出人意料之外，让人少见多怪。它会勾起人们满满的好奇心，吸引人们去解读逝

▲ 老桥成了胜景

去的时代，去寻找事物的本源，去探究未知的天地。世界有奇葩才丰富多彩，人类因好奇而追求不止。从这个意义上讲，能说奇葩不是香气袭人吗？

浮云难遮美的光环

罗马城里到处是古迹遗址，斗兽场、特莱维喷泉、万神殿、威尼斯广场、西班牙广场……无不吸引世界各地的游客蜂拥而至。但那流淌在罗马市内的台伯河，以及河上一座座历史悠久的石拱桥，留意的人却不多。尤其是其中最为著名的圣天使桥，如果被粗心的游客忽略的话，实在太不应该了。

圣天使桥古老的历史与罗马斗兽场相差50年，距今已有1800余年，比中国的赵州桥还早了400多年。桥梁的一端正对着一座巨大的圆形城堡，里面是罗马皇帝哈德良的陵墓。公元134年，罗马皇帝为了方便他新建的陵墓连通市区，特地命人兴建此桥，当时称为哈德良桥（估计现

▲ 罗马台伯河上的拱桥

▲ 五孔圣天使桥

存的早已不是原物）。直到公元6世纪，城堡和门前的桥梁才以“圣天使”命名。圣天使桥的形状与众不同，左邻右舍都是三孔石拱桥，唯独圣天使桥为五孔。大约300年前，圣天使桥的四个桥墩以及两端的桥台上，各被放置一个长着翅膀的人物雕像，形成了它的鲜明特色和固定形象，所以也有人将它称作十二天使桥。

圣天使桥邻近梵蒂冈的圣彼得大教堂，以前的许多朝圣者都是经过此桥前往圣彼得大殿的。我每次来罗马，往往也是看完圣彼得大教堂，顺便到此一游。但这里混乱的环境给我的感觉不太好：桥面上摆满地摊，黑人兄弟拉着你兜售小商品，游客摩肩接踵，想从百来米长的桥上走过，十分费劲。

1998年秋天，我陪同国内几个朋友来此观光，尽管我事先再三提醒：意大利景区的小偷技艺高超，大家务必注意提防。然

▲ 圣天使桥的石拱

而，当我们相互簇拥小心翼翼走过圣天使桥时，其中一人突然惊呼：西装内侧口袋里的钱包不见了！天使的美誉顿时被小偷的神技给“玷污”了，从此，一块乌云一直笼罩在我的心头。以后再来罗马时，尽量避免从桥上经过，只是站在河边拍张照片算是完成“打卡”。甚至在2001年后的许多年里，我都很少来被人抱怨“脏乱差”的罗马。

2010年暑期，携全家游览意大利，听罗马的友人说，政府着力整治，旅游环境得到明显改善。我们路过圣天使桥，果然地摊消失了，不再如以往那般拥挤嘈杂，第一次可以静静地欣赏它的全貌。纵观历史，圣天使桥应该称得上鼻祖级的石拱桥，它那石块砌成的优雅拱圈还为同类的桥梁赢得了罗马桥的统称。

▲ 维罗纳古城的罗马桥

随着我旅游的足迹遍及欧洲各地，只要是当年罗马帝国的版图覆盖之处，便能看到罗马桥的影子，一个个优雅的圆拱，恰似古老的美丽光环四处闪耀。

▲ 德国海德堡的老桥

▲ 布拉格的查理桥

意大利境内的罗马桥自然数不胜数，在诞生过罗密欧与朱丽叶凄美爱情故事的维罗纳古城，遇见相似的罗马桥丝毫不会觉得意外。

海德堡之所以成为德国浪漫主义之都，显然得益于内卡河上古老的九孔石拱桥为它增色添香。从高高的城堡上俯瞰老桥的全貌，桥头的人物雕像清晰可见。

但没想到，远在东欧人见人爱的布拉格查理大桥，也是仿照了圣天

▲ 英国巴斯的普特尼桥

使桥，甚至大桥栏杆上的30尊雕像，也是后来添加上去的。由此两桥的相似度更高了，只是查理大桥更长一些而已。

▲ 西班牙萨拉曼卡的罗马桥

更远的英国古城巴斯，本来就是公元1世纪罗马人所建，城里有几座罗马桥自然也在情理之中。当我在法国的波尔多邂逅跨越加伦河的皮埃尔大桥时，终于明白为什么巴黎塞纳河上石拱桥居多。当我在西班牙的萨拉曼卡慕名找到作为文化遗产的罗马桥、在托莱多见到赫赫有名的阿尔坎塔拉桥时，情不自禁又想起罗马的圣天使桥，是它那经得起岁月考验的圆拱造型，为各地的罗马桥提供了蓝本。

当年罗马人征服整个欧洲，依靠的不仅仅是刀剑，任何军事的入侵与占领，也势必伴随文化的渗透。遥想罗马帝国曾经的辽阔版图，圣天使桥犹如一个特殊的文化使者，不知播撒了多少文明的种子。

▲ 托莱多的阿尔坎塔拉桥

然而，圣天使桥在现今的罗马城里，虽然也算是一大景点，但肯定挤不进前三名。我想，这绝不会是

▲ 罗马的圣天使桥

意大利小偷偏爱圣天使桥的结果。正如世上许多事情都是辩证的，如果圣天使桥不是诞生在罗马，或许永远默默无闻。也因为它置身在群星璀璨的罗马，美的光环很容易被遮蔽。其实这也很正常，瑕瑜互见，岂能好事占尽？但无论如何，圣天使桥在桥梁发展史和人类文明史上的地位都是不容低估的。

阅桥无数之后，我期待有朝一日重返罗马，再去圣天使桥上走一走，久别重逢的滋味一定很美。

▲ 查理大桥是游客的最爱

当一座桥梁人见人爱

如今流行排行榜，也有人对世上桥梁之最进行排名，比如最高、最长或主跨最大等。但从没排出哪座桥上人最多，因为这是一个很难准确统计的数字。而我始终固执地坚信：没有一座桥上的人流，超过布拉格的查理大桥！

因为我与不少人都认为：如果游览东欧只选择一座城市，那一定是布拉格；如果去布拉格只选择一个地方，无疑是查理大桥。每年千百万游客蜂拥而来，无不要到查理大桥，试想一下，那是怎样壮观的场面？人声鼎沸、摩肩接踵、水泄不通、寸步难行，所有相关的词语在这里都能用上。可以毫不夸张地说，旅游旺季的节假日，查理大

▲ 桥上人满为患

桥上的人流，与上海早高峰时段地铁车厢里的状况有得一拼。

我曾于2005年、2009年和2016年三次到访布拉格，自然也三次走过查理大桥，恰巧也总结出查理大桥受游客热捧的三条缘由。

查理大桥直通著名的街道Karlova，是连接老城广场和城堡山两大著名景点的黄金通道。它是布拉格最经典画面里不可或缺的元素，大有舍我其谁的架势。查理大桥还有“欧洲巴洛克塑像露天美术馆”的美称，桥的两侧石栏杆上有30尊天主教圣徒和保护神的雕像，全都是捷克17-18世纪巴洛克艺术大师的杰作。（如今真品收进了博物馆，桥上陈列的是复制品。）

▼ 布拉格最经典的画面

但是，如果以为查理大桥犹如上海的外滩，只受外来人的青睐，那就大错特错了，捷克人对查理大桥的挚爱更是深入骨

髓。从捷克两位天才对查理大桥的至深情感可见一斑。捷克音乐之父斯美塔那晚年回忆称：在他因受耳疾折磨打算结束生命的时候，走上查理大桥，听到激流撞击大桥的声音，仿佛是捷克人心灵的呼唤，而历经磨难的查理大桥犹如他心中的祖国。于是，斯美塔那满怀深情地创作了著名交响曲《我的祖国》。如今斯美塔那的故居和雕像就坐落在查理大桥旁，故居里陈列着《我的祖国》原始曲谱。就在大桥边出生的作家卡夫卡，直接把查理大桥称作他生命的摇篮。他从三岁开始便在桥上游荡，不但能说出大桥上所有雕像的典故，还时常在夜晚借着路灯的光亮细数桥上的石子。他的临终遗言依然离不开查理大桥："我的生命和灵感全部来自伟大的查理大桥。"

流经布拉格的伏尔塔瓦河上，共有18座造型各异的桥梁，为什么捷克人如此偏爱这座石拱桥呢？

因为查理大桥历史最悠久，它是布拉格人在伏尔塔瓦河上建造的第一座桥梁，始建于1357年，于15世纪初竣工。因遵照捷克国王查理四世之命兴建，故得名查理大桥，桥的一端入口处耸立着查理四世的全身雕像。建成后历代国王加冕都必经此桥。

▲ 桥头门楼下

▲ 大桥旁的斯美塔那塑像

查理大桥最具艺术价值，是典型的哥特式建桥艺术与巴洛克雕塑艺术的完美结合，桥头哥特式的门楼上点缀着巴洛克式的浮雕，30尊圣者雕像更是巴洛克艺术的瑰宝。如今只允许行人通过的查理大桥，还成了各种艺术家和手工艺者表演、展示或推销的场所。

查理大桥虽然只有520米长、10米宽，但建造却花了大约半个世纪，27岁的波希米亚王朝建筑师彼得·帕尔勒日竟未能亲眼见到自己的设计作品变成现实。漫长的造桥过程中也凝结了布拉格人的智慧，因为在砌石的灰浆里添加了蛋清，使波希米亚砂岩相互间黏合得异常

▼ 晨曦中的查理大桥

牢固。第二次世界大战期间，隆隆的坦克曾穿桥而过，但查理大桥稳如泰山。然而洪水是石拱桥最大的自然天敌，600多年来，查理大桥也曾历经洪水的摧残，甚至严重受损，但每每绝地重生恢复原样，这彰显的是布拉格人百折不挠的毅力和同心守护他们精神家园的情怀。

▲ 桥上常有艺人表演

想要避开嘈杂拥挤的人群，看到查理大桥宁静而清晰的面容，唯有拂晓时分。2016年第三次来布拉格，时间比较充裕，我们事先调好闹钟，顾不上吃早饭，披着朦胧的晨曦奔向离宾馆不远的查理大桥。

漫步在空荡荡的桥面上，心中的窃喜难以自禁，仿佛一个偌大的

▼ 清晨空旷的桥面

▲ 桥上邂逅

▲ 人潮涌向查理大桥

▲ 流连忘返

历史博物馆已被我们包场，神情肃穆的雕像竞相向我们讲述一个个引人入胜的故事。随后我们又加快脚步，不停地变换位置仔细打量查理大桥的每一个角度，就像好不容易从他人手中借看一下稀世珍宝，唯恐马上又被人夺走。

远在异国他乡的清晨，居然还在查理大桥上偶遇交往了30多年的老友，既有意外的惊喜，更有几分英雄所见略同的得意，红女绿男的服装颜色也如事先约好的一样。

旭日渐渐将查理大桥照得金光熠熠，游客开始成群结队地涌上大桥，恰似早高峰匆忙去上班的人流。查理大桥被密密麻麻的人群覆盖、被四方来客万千宠爱的一天又将开始了。人们常说众口难调，我突然发现：只要站在查理大桥上，世界便只有一种声音！

出名也可以很偶然

桥梁，不仅是跨江河连山峦的交通设施，也是人类历史的见证者，有时还会与某些重大的历史事件紧密相关。有多少人知道，第一次世界大战的导火索，就是点燃于波黑萨拉热窝市区的拉丁桥头。

1914年6月28日，奥匈帝国的皇储斐迪南大公夫妇，视察完城外的军事演习，返回萨拉热窝市内途径拉丁桥北端时，被19岁的塞尔维亚青年普林西普连开数枪，应声毙命。当时波黑的首府萨拉热窝正被奥匈帝国占领，皇储夫妇此番专程前来视察的军事演习，恰是以塞尔维亚为假想敌。当天既是塞尔维亚的国庆节，又是历史上曾战败于土耳

▲ 俯瞰城区和拉丁桥

其的日子，显然具有挑衅意味的举动，招来了当地爱国青年的偏激反应。一个月后的7月28日，奥匈帝国以萨拉热窝事件为由，正式向塞尔维亚宣战，争夺霸权的第一次世界大战随之爆发，德、奥、英、法、俄、美等列强悉数参与。

2018年春，我们第四次踏上原南斯拉夫的土地，在萨拉热窝市中心按图索骥寻找拉丁桥。旧巴扎（集市中心）附近的米利契卡河像一条缓缓流淌的小溪，没有一点大河奔流的气势，静卧河上的那座四孔石拱桥，不足百米之长，毫不起眼，如果不是看见铭牌，谁也不会相信，这便是载入史册大名鼎鼎的拉丁桥。

▲ 闻名于世的拉丁桥

▲ 外形普通的拉丁桥

我们所见到的拉丁桥，据说修建于1798-1799年间，在钢筋混凝土结构和钢结构尚未广泛应用的年代，砖石结构的罗马桥是最常见的桥型，当年的工匠大多凭经验造桥的智慧和手艺，至今仍让后人们钦佩不已。眼前的拉丁桥就是一座普普通通的石拱桥，实在找不出任何可圈可点的亮点，唯一的不同之处便是它的孔数。砖石拱桥的孔数一般都是单数，如三孔、五孔、七孔

▲ 减少一孔的拉丁桥

等，而拉丁桥则是四孔，从对称的线形来看，它原来应该是五孔拱桥，不知是因为道路拓宽还是在北侧桥头修建纪念点的需要，拆除了最北面的一个桥孔，使之成为不对称、不完美的四孔桥。

如此一座极其寻常且不完整的石拱桥，因为突如其来的几声枪响，引发天下大乱，从此举世知晓。虽说有意外的成分，却也并非匪夷所思，史上类似的事情屡见不鲜。大渡河上的泸定桥，尽管曾是国内最大的传统悬索铁桥，却一直默默无闻，直到发生十八勇士飞夺泸定桥之战，才使人们记住它的名字。北京城外的卢沟桥，虽然历史悠久，但少人问津，也因为在此“打响抗日的第一枪”，而人尽皆知。

▼ 相似的石拱桥

▲ 临近的人行桥

哎，莫愁天下无人识，原来出名也可以很偶然！

米利契卡河畔是进城的主要通道，上午我们驱车入城正是沿着这条并不宽敞的道路。因为没有任何醒目的标志，曾驶过拉丁桥的北端也浑然不知，在横跨米利契卡河的一排桥梁中，拉丁桥实在是太过普通了。倒是上游百米处一座人行桥的形状十分少见：桥梁中间像是打了一个结。说它别出心裁也好，画蛇添足也罢，至少可以博人眼球。然而三三两两的游客还是直奔拉丁桥而去。

貌不惊人的拉丁桥似乎要刻意证明一条人生哲理：世上从来不乏令人鼓舞的逆袭故事，出身低微、其貌不扬、身无分文，统统见鬼去吧！说不定哪天鸡毛就会飞上天！

这座平常的石拱桥，因为一个偶然的事件而出名，也因此几经更名。南斯拉夫联邦将普林西普誉为爱国民族英雄，拉丁桥被称作普林西普桥，并在北侧桥头竖立他的雕像。南斯拉夫联邦分崩离析后，波黑当局拆除了桥头普林西普的雕像，再改桥名为斐迪南桥。其实，无论桥梁的名字如何更改，那只是不同时代不同当政者对那件偶然事件的不同评判，丝毫不影响桥梁本身的名气。可以断定：无论再过多久，不管时政如何，历代朝野都会善待这座百年老桥，让它永远充当历史的“见证人”。

▲ 拉丁桥头的博物馆

跨不过的楚汉分界

桥梁，是跨越障碍连接两地的交通设施。然而，自然界的障碍好跨过，人为因素造成的界限不易逾越。

有个俄罗斯人曾统计过，当今世上有8座桥梁，被作为两个国家之间的边界。美国与加拿大两国关系再好，想要通过芝加哥与温莎之间的边境铁桥，自然还是要检查护照。朝鲜与韩国的国境线上有座桥，虽然不在军事区，但剑拔弩张的态势依然令人望而生畏，一不留意可能会遭枪子儿。只有丹麦和瑞典之间的厄勒海峡大桥是个例外，因为同属于欧洲申根协定区，桥上的边境线无踪无影，脚踩油门便能在两个国家之间来回穿梭。

▲ 丹麦和瑞典之间的跨海大桥

因桥梁是交通的咽喉部位，如作为两国的边境，有时还能延伸出更多的功能。当年东西柏林有个分界桥，美国与苏联约定时间，在桥上交换双方被俘的间谍。美国海军陆战队与苏联克格勃特工，在各自一方的桥头列队，然后分别让被俘的间谍，通过百十米长的桥梁真空区走向对方。这座绿色的钢桁架桥，本来名叫格里尼克桥，后来渐渐被称作了间谍桥。好奇的故事、神秘的桥梁，还被拍成了一部电影《间谍桥》。

▲ 东西柏林之间的间谍桥

天下之大无奇不有。听说在南斯拉夫联邦分崩离析后的波黑，有一座桥梁，明明不在国境线上，却成了无形的柏林墙！2018年春，我们从波黑首都萨拉热窝驱车前往另一个著名的城市莫斯塔尔，有意实

▼ 依山傍水的古镇

地探访藏在山坳里的那座老桥。

荒凉的山脚下，居然流淌着清澈的河水，依山傍水的古朴小镇热闹非凡，熙熙攘攘的人流似乎都是慕名而来，把老桥四周围得严严实实。我们没有着急挤上桥去，而是选择坐在河畔的露台上，边喝咖啡边远远地观赏，有一种欲识庐山真面目，置身山外从容看的冷静与得意。

▲ 观赏老桥的好地方

这是一座单孔拱桥，据说始建于奥斯曼统治时期的1566年，可一看便知是个“赝品”，500多年前只有砖石桥，哪会造出混凝土拱桥！原来的古迹，早已毁于1993年的波黑内战，眼前所谓的老桥，其实是2004年由世界银行出资按原样重建的。

▲ 桥上桥下人流如织

要说波黑内战，简直就是现代欧洲版的三国演义，弱小的波克两族如同孙刘联盟，共同抵抗像曹操一样有强大皇家背景的塞族。而莫斯塔尔好比孙刘争夺的荆州，成为波克两族大打出手之地。

波斯尼亚的穆斯林，祖祖辈辈生活在桥东，桥西则是信奉天主教的克罗地亚人居住区。本来相安无事，一座美丽的拱桥，跨越河流，连接两岸，东西方的文化得以交流。然而，波黑天下大乱之后，克族人要认祖归宗，想携莫斯塔尔并入邻国克罗地亚，同城的波族穆斯林岂肯屈从？克族人恶意炸毁了老桥，类似两口子吵架偏偏拿对方最心爱的东西出气。波族祖先的杰作遗产被毁，波斯尼亚人焉能咽下这口气？于是同室操戈，誓不两立。

▲ 看不见的分界线

再细看老桥，发现确有异相，拱圈并不圆润，拱顶有一个突出的折点。踏上老桥，感觉坡度较陡，大理石的台阶很浅，又十分光滑，行走不便，容易滑倒。或许是因为我心里始终揣着波黑三分天下的故事，难免有些疑神疑鬼，总觉得脚下这座楚汉分界之桥，冥冥之中天意早已注定。

在欧盟的撮合下，老桥虽已复建，但破镜再难重圆。据说在老桥重建竣工的揭幕仪式上，两岸的民众还纷纷抗议呐喊，似乎是要将分裂对抗进行到底。来来往往的游客难以想象，老桥的两岸，至今依然还是两个老死不相往来的世界。许多在莫斯塔尔出生的克族年轻人，因为从小内心就已播下仇恨的种子，二十多年来从未上桥到过东岸。同一座城市里，实行两套管理体制，连学校都是泾渭分明，各有各的学校，各教各的语言和文化。莫斯塔尔标志性的老桥，就是当地人心中的柏林墙！

桥东岸不远处是当地最大的清真寺。其实，最大的清真寺并不大，但它临河高耸的宣礼塔，倒是眺望老桥及两岸风光的最佳位置。花3个马克（1欧元约等于2马克）就能进入尖塔，通过无数个旋转台阶，登上极其狭窄的露台，可将莫斯塔尔最经典的画面一览无遗。然而，望着夕阳余晖里优雅安详的老桥，唯有一声叹息：你可以跨越河流鸿沟，却怎么就跨越不了隔阂恩仇？！

一阵阵如鸣笛般的宣礼声，仿佛告诉我们：几千年的宗教信仰差

▲ 桥梁成了分界岭

▲ 著名的莫斯塔尔老桥

异，绝非这座老桥所能跨越。但我还是天真地遐想：虽然人类创造的政治、宗教和文化，给地球划上了一条条有形无形的楚汉分界线，如果有人发明一种特殊的桥梁，能跨越一切自然障碍、人为障碍，该有多好！

你知道的未必是真相

▲《桥》的电影海报

20世纪七八十年代，一部南斯拉夫电影《桥》在中国上映，从此，《啊！朋友再见！》的歌声传遍大街小巷。这是一部英雄的赞歌，南斯拉夫游击队英勇顽强抵抗德国侵略者的形象深入人心，尽管我们谁也不知道，那座被炸毁的大桥究竟在南斯拉夫的什么地方。

直到东欧剧变后，国人纷纷去前南斯拉夫旅游，记忆深处的歌声又被唤起，塔拉河谷大桥便出现在中国旅行团的行程表中。老实说，我也是无意中看到朋友参团的旅行计划单，才知道位于黑山共和国（原南斯拉夫社会主义联邦的成员国）的塔拉河谷大桥，就是电影《桥》拍摄的外景地。因此，2018年春我们再次游览巴尔干时，特地把大桥也作为一个必看的景点。

▲ 绿荫环抱的大桥

黑山共和国绝大部分的国土是山区和高原，我们从首都波德戈

▲ 塔拉河谷

里察出发，一路翻山越岭，公路狭窄而坎坷，一边是峭壁，另一边是悬崖，幸好车流量不大，但抵达目的地时也长长地松了一口气。

眼前一座混凝土大拱桥横跨在峡谷之间，五个简洁轻巧的大圆拱显得有些单薄，郁郁葱葱的树木遮挡住了桥墩，使人看不清桥下有多深。

只有当行至大桥上，往下探头，这才吓了一跳，腿脚有些发颤，原来深不可测。当场上网查了一下才知道，建在半山腰的大桥，桥面至河面竟有172米，而整个河谷则深达1300米！难怪号称欧洲最深的河谷。

大桥总长365米，主拱长114米，虽然1940年建成时被誉为欧洲最大的混凝土拱桥，但诞生在这被人遗忘的荒僻野岭注定是默默无闻的。正是电影《桥》的热映，才让这座大桥从深山幽谷走入人们的视野，不管它是否乐意告别孤寂，经过艺术加工与渲染，塔拉河谷大桥出名了。

我们坐在桥头唯一像点模样的餐馆里吃午餐，遇见一个中国旅游团，还有人通过微信视频直喊：“我们看到那座桥了！”只有经历过20世纪七八十年代的中国人才会理解这份莫名的激动。

▲ 桥头餐馆

桥头矗立着一座军官的胸像，有人介绍是大桥的设计师，也有人说是炸毁大桥的游击队长原型。可我半信半疑：这两人都不是正规军人，怎么会身着军装呢？还是依赖万能的网络查询，结果令人诧异，居然深扒出了与电影情节完全不同的真相，有根有据有史料。

当年德国法西斯大举进攻贝尔格莱德和萨拉热窝等重镇，但塔拉河谷所处的黑山地区大都被轴心国意大利所侵占。所以说，电影中宣称炸毁桥梁是为了阻挡从希腊回撤的几十万德军，纯属无稽之谈，只能是当地游击队的骚扰活动，以达到破坏敌人交通线的目的。影片中游击队员

▼ 桥头军官塑像

▲ 山区的交通命脉

费尽心思找到大桥设计师，只有他才知道大桥核心位置的秘密，结果设计师为了引爆这个最薄弱的地方，与大桥同归于尽。这个动人的艺术情节根本经不起推敲，其实，完全不需要去哀求设计师，任何一个有点桥梁常识的人都会知道，只要炸毁主拱的拱脚或拱顶，使拱桥失去水平支撑力，整座桥梁就会坍塌。事实上游击队员也没法找到大桥的设计师，只是让一个普通的工程师协助炸桥，事后这位工程师被意大利军队逮捕处死，他的墓碑被安放在大桥的另一侧。至于桥头的军官雕像，也被太多人误读了，他既不是游击队长，也不是设计师，与大桥没有半毛钱关系。他是当地出生的一名南斯拉夫王国军队的中尉，因为不愿投降法西斯而战死，是他的母亲将他安葬在故乡的大桥旁。而如今的当局有意淡

▲ 曾是欧洲最大的混凝土拱桥

化游击队抗击侵略者的英勇事迹，特地为这名军官塑造了雕像。甚至连影片中脍炙人口的主题歌《啊！朋友再见！》也不是原创，而是在意大利民歌的基础上改写的歌词！

虽然我们理解，艺术作品需要对生活素材进行提炼和拔高，但是广为流传了几十年、曾经让我们钦佩不已的英雄故事，突然被还原得破绽百出，难免还是怅然若失。

▲ 桥头工程师墓碑

再次走上大桥，遇见刚刚抵达的又一批中国游客正兴致勃勃地摆着Pose拍照，不由地暗生几分好笑：一部电影，影响了多少

▲ 2018年与桥合影

中国人的情怀！但有几人知道真相？除了1942年游击队曾炸毁大桥，其他均为虚构。转而又感自身的可悲：生活中人们被宣传、被灌输的信息有多少是完全真实的呢？又有多少人愿意或者能够去探寻事物的真相？

唉！罢了，不必庸人自扰，只要眼前的塔拉河谷大桥是真实的。“啊！朋友再见！”啊！大桥再见！

▲ 山区桥隧连接

对手也能变成队友

说桥梁与隧道是一对孪生兄弟，并非指同时诞生，而是功能大致相同，都是跨越障碍的工程构造物，只不过一个在空中，一个在地下。它们各有各的优势，在山区高速公路上常常携手相连，你穿越山体我跨过峡谷。但在越江跨海时，又往往你争我夺非你即我。

20世纪80年代末，上海城市建设领域流传着一个“桥隧之争”的故事。即将吹响浦东开发的号角，首先要解决跨越黄浦江的交通问题。是造桥梁还是挖隧道？两种意见各执一词。拥桥派认为：上海的软土地基不适合挖隧道，而高耸的大桥不仅有利于上海的城市形象，而且相对隧道造价较低。主隧派则历数造桥会影响航道、增加动迁等种种弊端，力挺隧道对周边建筑影响较小，也有利于废气收集处理，更加环保。眼看专家的论证会渐渐倾向于隧道派，高瞻远瞩的市领导出来发话：看得见的大桥非但可以提升城市形象，还能彰显改革开放的成果，从而振奋人心。专家们觉得不无道理，便纷纷赞成造桥。于是，南浦大桥、杨浦大桥、徐浦大桥先后拔地而起，平均每三年一座，举世罕见。

十年后，从北欧传来了桥隧也能携手跨海的好消息：丹麦和瑞典之间桥隧结合的海上走廊（也称厄勒海峡大桥）已于2000年7月全线通车。2001年夏天，我陪同上海市建委领导以及几位桥隧专家一起前往北欧考察，实地学习桥隧结合的创新技术和隧道采用沉管法施工的工艺。

丹麦首都哥本哈根，位于四面临海的西兰岛东部，交通极其不便，千百年来一直靠渡船与外界联系。1989年我第一次去哥本哈根，从德国汉堡乘坐的火车，也要上船渡海方能抵达。随着厄勒海峡大桥的建成，哥本哈根才真正告别孤岛的历史，完全可以通过公路或铁路与整个欧洲大陆相连相通。

▲ 上海南浦大桥

与哥本哈根隔厄勒海峡相望的是瑞典的第三大城市马尔默，丹麦与瑞典两国共建的桥隧正是跨越这长达十多公里的海峡。我们从哥本哈根驱车前往马尔默，首先进入丹麦一侧的海底隧道，大约4公里后，阳光撒进洞口，渐渐可以看到湛蓝的海水，我们像是从海底钻出来，来到一个浮在大海表面的小岛。这是根据桥隧连接的需要，在大海里填出来的人工岛屿。行驶在这海上大平台，犹如从航空母舰的甲板上起跑，几分钟后由长长的斜坡驶上了瑞典一侧的斜拉大桥。一列火车从与我们并行的另一条隧道里爬出，驶向大桥的时候却渐渐跑到了我们的脚下，看不到它的身影，下桥后又与我们分道扬镳渐行渐远。

▲ 空中俯瞰丹麦瑞典桥隧

这有趣的场景，犹如难分难解的桥隧之争：往往各行其道，有时也会一路同行。

在位于瑞典一侧的桥隧项目公司里聆听详细的介绍，令我们一行更加佩服建设方的匠心独具。不仅是为了减少对国际航运的影响，而且要避免高耸的桥塔干扰飞行航线，所以，临近哥本哈根国际机场的丹麦一侧只能兴建隧道。由于盾构的直径有限，无法保证所需的五个通道（两条公路、两条铁路和一条疏散通道），因此采用最新的沉管法，将事先预制好的大于几个足球场的长方形管段，一节一节沉入海底拼接起来。

我们看着项目建设公司的名字，觉得很有意思，各取一个丹麦文和瑞典文的单词组合起来，既代表两国联合又体现公平原则。联想到历史上丹麦和瑞典两国，为称霸北欧争斗长达千年，如今厄勒海峡上16公里长的桥隧连体，分明就是两国友好合作共谋发展的象征。

▲ 丹麦瑞典桥隧合体

▲ 厄勒海峡中的人工岛

▲ 跨海桥隧连接

▲ 瑞典一侧斜拉大桥

返程途中，我们在高高的斜拉桥上一路欣赏海天一色的风光。虽然大桥的主跨490米并非天下之最，但它还是获得了另一个单项冠军：世上承重量最大的斜拉桥。随着车子从人工岛进入隧道，我们更加由衷地赞叹，丹麦与瑞典这对千年冤家携手创造了桥隧的完美组合。当干戈化为玉帛，对手变成队友时，才会有珠联璧合相得益彰的佳话。

▲ 2001年与大桥合影

他山之石可以攻玉，两年后的2003年，也采用沉管法施工的上海外环隧道实现通车。八年后的2009年，桥隧结合的上海长江隧桥开通

▲ 港珠澳大桥

运营，也给当年开工建设的港珠澳大桥提供了经验。2018年竣工的港珠澳大桥，又为世界奉献出一幅跨海桥隧组合的最新最美画面。

看不懂的桥梁之美

风情万种的巴黎，堪称世上最受游客青睐的地方，穿城而过的塞纳河，常被人当作巴黎的代名词，赋予人们无限的浪漫遐想。塞纳河仪态万方，有人愿意在河堤上漫步，有人喜欢坐游船欣赏，自然会有人爱屋及乌，因此赞美塞纳河上的一座座桥梁。

尽管我先后去过巴黎不下几十次，但对巴黎的桥梁几乎没有太深的印象。原因有二：第一，塞纳河上没有特别高大的桥梁吸人眼球；第二，塞纳河上30多座桥梁大都是形式简单的拱桥，没有特殊结构或奇形怪状的桥型值得回眸。即使是巴黎人引以为豪、游客赞不绝口的

▲ 巴黎塞纳河上的拱桥

亚历山大三世桥，我曾无数次在桥上往返驶过，也从未为之倾倒。有时真怀疑自己是否缺乏审美的细胞，既然人人称之为巴黎最美的桥梁，自己怎么就不会欣赏呢？或许，就像一个刚进城的农村孩子，搞不懂街头的少女雕塑为什么是裸体的。

1900年巴黎世博会开幕时落成的亚历山大三世桥，是一座大弧度的单孔钢拱桥，只有107米长，且桥身很低，据说是为了不影响两岸的景观和视野。如此简单的一座桥，引人注目的是两端各有两根17米高的大石柱，顶上有金光闪闪的骏马雕塑。走近细看，精美的雕塑比比皆是：桥头有石狮镇守以及青铜的骑士飞马群雕，桥身上有各式人体雕塑，拱圈上布满花纹浮雕，栏杆上成排铜制的路灯也被雕饰得异常华丽。于是，富丽堂皇、雍容华贵等美誉随之而来。

然而，根据桥梁的定义，凡是与桥体原有结构体系不相关的都不属于桥梁的组成部分，只能称其他设施。所以，有关亚历山大三世桥的一切溢美之词，其实都是来自附着于身的其他饰品，而非桥梁本身，好比马儿一般马鞍漂亮。这也容易让人联想到一套普通的公寓硬是装修成了豪宅，金碧辉煌，散发出一股强烈的“土豪”味。

这等本末倒置的事情，在法国司空见惯。赫赫有名的法国大餐不也是如出一辙吗？服务员优雅地端上一个大盘子，上面还盖着塑料盖子，打开一看，很小的一块鹅肝可怜巴巴地躺在盘子中间，不够一口吞下的。这要是在咱东北，如此抠门怠慢客人，不削你才怪！

亚历山大的名字，一听便知不是法国人。果然，这是俄罗斯捐赠的礼物，作为法俄亲善的象征。1896年沙皇尼古拉二世亲自参加奠基并提议，以他的父亲亚历山大三世的名字命名这座桥梁。桥头四根华丽的大立柱与雕塑，分别代表了科学、艺术、工业与商业，象征着法兰西的蓬勃兴旺。桥身拱圈上的雕塑，原来是圣彼得堡的城徽以及涅瓦河的睡神。大弧度的单孔钢拱桥，正是当时俄罗斯首都圣彼得堡涅

▲ 塞纳河上亚历山大三世桥

瓦河上最流行的桥型。如此看来，浪漫的法国人太大大咧咧了，不管心里多么喜欢，怎么可以将外来之物奉为之最，岂不是丧失民族自尊大长他国之威吗？相形之下，我们上海人远比法国人高明一些，在日本公司投资的环球中心边上，再造一座更高的上海中心，使其成为上海高度的标杆。

上海武宁路桥 ▶

▲ 亚历山大三世桥

刚刚猛夸了一下故乡人的睿智，突然又想起一件匪夷所思的事。2008年上海跨越苏州河的武宁路桥被改造成山寨版的亚历山大三世桥，两侧桥头也竖起了四根石柱，顶上同样有金色雕塑，只是粗糙一些而已。甚至周边的建筑外立面上，都被画满了埃菲尔铁塔等巴黎风光。尽管这种做法并非国内的首创，2004年天津海河上的北安桥，早

◀ 武宁路桥周边建筑

已捷足先登。但我的脑中始终盘旋着一个东施效颦的故事，感觉从此再也没有资格抨击和嘲笑法国人了。

▲ 天津海河上的北安桥

单纯的模仿容易被人诟病，我在中国北方的一个省会城市见到了大胆的“自主创新”。为了增加城市景观，常见的简支梁桥被人装修成了斜拉桥、桁架桥。虽然竭力想美化城市用心良苦，殊不知，其敢想敢干的作为，不仅是画蛇添足，更给桥梁增加了不必要的荷载，留下种种安全隐患。比起法国人给桥梁添做装饰品，国内有些地方通过装修

▲ 装修成的钢桁架桥

▲ 装修成的斜拉桥

改变桥梁原有的外在形式，似乎是异曲同工，又好像隐含着精致与简陋、优雅与粗暴之别。

爱美之心人皆有之，不同的审美便会有差之千里的结果。真正的桥梁之美在哪里？又有多少人能看懂？

读你千遍也不厌倦

看惯了巴黎塞纳河上的各式拱桥，以为这是法国人的偏爱，虽然一个个大大小小的拱圈十分和谐，但未免显得单调一些。直到后来有机会跟随上海桥梁专家两次考察法国的大桥，才彻底颠覆了我原来的误解。

1998年7月，上海市政局领导率领几位桥梁专家打算实地考察法国的诺曼底大桥，希望我协助联系并安排相关行程。

诺曼底的名字如雷贯耳，因为第二次世界大战时期盟军在那里登陆开始战略大反攻，可从没听说过诺曼底海峡上有跨海大桥呀。经四处查询才知道，所谓的诺曼底大桥，并非英法之间的跨海大桥，而是法国北部诺曼底地区跨越塞纳河及其河滩的一座斜拉桥。由于它1995年刚落成通车，连接的又是当地的两个小城镇，所以普通人知道的并不多。

▲ 诺曼底大桥主跨曾是世界之最

我们一行从巴黎出发，向北驱车约一百公里前往诺曼底大桥。当时上海已经先后建成了南浦、杨浦和徐浦三座大型斜拉桥，为什么还要不远万里专程跑到法国的边远小镇来看桥呢？我不解地询问。专家们一路上给我做科普：1955年由德国人在瑞典首创建造的现代斜拉桥，从当时的182.6米跨径，如今已发展成大跨度桥梁的主要形式。斜拉桥的建造难度，主要取决于主跨的长度，如同运动员挑战极限。上海的三座斜拉桥，最大的主跨是杨浦大桥的602米，而诺曼底大桥主跨为856米，当今世界第一。

抵达大桥后，项目建设公司的负责人带领我们参观陈列室，给我们播放大桥建造过程的专题介绍影片，讲解如何攻克一个个技术难题。再到现场欣赏大桥，细长的外形，轻盈而典雅，不做任何的色彩涂装，没有添加丝毫的雕饰，恰似一股清新之风迎面吹来。难怪它被评为“20世纪世界最美的桥梁”，不愧是建筑与艺术的成功结合。

▲ 轻盈雅致的诺曼底大桥

有考察团专家感叹：法国人造桥的速度虽慢，却是慢工出细活，七年创造一个世界第一。我的心里则油然而生另一番敬意：诺曼底地区并非经济重镇，人口也不密集，日均交通流量不过数千，却在此花重金兴建特大型桥梁，彰显的是法国雄厚的经济实力和超前的发展理念。

九年之后的2007年夏天，我有幸再次陪同上海市政局的主要领导及几位桥隧专家，一同飞往法国考察米约大桥。我们从巴黎坐飞机到法国南部的图卢兹机场，租车自驾，在蜿蜒的山路穿行，直至米约大桥脚下的陈列馆。

▲ 似利箭待发的米约大桥

▲ 法国米约大桥雄姿

早就远远地看见那高耸的七个尖塔，整齐排列着，仿佛是射向天空刺破云端的七把利剑，在蓝天绿茵映衬下何其壮观。都是一帮成天与桥隧打交道的人，竟也兴奋得像从未见过桥似的，或许是因为它远观太不像桥了。满满的新鲜感，使大家顾不得先去参观陈列馆，竟相寻找最佳的位置拍照。哈，正好是七条好汉配七把利剑！念一句伟人的词：“今日长缨在手，何时缚住苍龙？”

陈列馆里，长长的影片详细介绍了米约大桥及其36个月的建造过程。考察团的阵容不可谓不强，由担任过东海大桥总指挥、仍兼任在建的长江隧桥总指挥的市政局主要领导带队，团员有设计院院长、桥隧公司总经理等领导和专家，身经百战，功绩无数，此刻依然个个被法国人的创新技术所征服。虽然中国各地建造大跨度的斜拉桥数量越来越多，但当时还没有一座超过法国诺曼底大桥的跨径。而法国人并没有停止创新的脚步，2005年建成通车的米约大桥，被称为云端上的大桥，又以最高的桥梁再一次刷新世界纪录。2.5公里长的米约大桥跨越塔恩河谷，桥塔直接建在谷底，使其最大结构高度达到343米，作为世界上结构最高的桥梁至今没有被超越。其施工的难度可想而知，为减小高空的风阻进行了十多年的准备和试验，为确保施工精度采用了世界最先进的卫星定位测量系统，还要选用特殊的轻质建材，兼具足够的强度与抗扭性，适合抗震与热胀冷缩。大家一致认为：想要赶超世界先进水平，使中国从桥梁大国成为桥梁强国，任重而道远。

▲ 高耸入云的米约大桥

▲ 2007年与米约大桥合影

送别考察团之后，我前往普罗旺斯度假，又在阿维尼翁看到罗纳河上著

▲ 法国阿维尼翁的贝内泽断桥

名的贝内泽桥。800多年前朝圣者的必经之路，被洪水冲毁只剩下四个桥孔，却始终不再修复，让断桥成为历史的记忆和宗教古城的标志之一。

忍不住要为法兰西的无穷魅力点赞，它不仅饱含千年的历史文化底蕴，也蕴藏着领先世界的工程技术宝库。而且，旧有旧的韵味，新有新的创意，新旧并存相映成辉，更加意味深长，直叫人流连忘返欲罢不能，耳边突然响起一句费翔的老歌：读你千遍也不厌倦！

千年回眸还是那个你

世上最早的桥在哪儿？无从考证。但是公元前古罗马人修建的高架水渠，应该称得上最像桥的原型。虽然它并非完整意义上的桥梁，但它同样也是跨越山谷或河流，具备桥梁的某些功能与特征，说它像桥似乎也未尝不可，甚至有人把法国尼姆附近的罗马水渠直接称为加尔桥。

加尔桥作为世界文化遗产的美名早有所闻，2007年夏天，我们前往法国普罗旺斯度假，第一站便直奔尼姆，迫切想要弄明白，罗马水渠为什么可以被称作桥。

从2000多年前罗马浴池的盛行不难发现，古罗马人对水的讲究乃至崇拜，供水系统无疑成了城市建设必不可少的任务。所以，擅长建造的罗马人修筑水渠，引水入城，供给饮用、浴池和喷泉等。尼姆曾是罗马

▲ 法国的加尔水渠桥

统治时期的大都会，为了保障其足量的清洁用水，公元前20年罗马人从尼姆以北50公里外兴建水渠，在没有任何动力装置的情况下，利用简单的地势落差，将泉水运送到目的地。水渠有高有低，大部分埋入地下，当遇到加尔河谷时，在此建造了269米长、高出河面49米的加尔桥跨越谷地。

我们兴冲冲地赶到尼姆城外20多公里处的加尔河谷，身临其境的感觉远比看图片美妙得多。由三层拱圈垒成的土黄色水渠横跨河谷，像一道屏障，巍峨壮观，一排排通透的圆拱又不失优雅。走近一看，第一层较宽，有游客行走之上，俨然一座人行天桥，原来是18纪中期拓宽而成的，如此看来，称之为加尔桥完全是名副其实。

▲ 加尔桥上有行人

世人给予加尔桥极高的评价，不仅将其列入世界文化遗产名录，还誉为古罗马建筑艺术的瑰宝、建筑史上“最崇高的乐章”，似乎不吝啬一切赞美之词。

加尔桥除了精美的造型，确实还有许多值得炫耀甚至是不可思议之处。如此高大的建筑，居然是靠一块块6吨重的巨石堆叠起来的，没有用丝毫的砂浆黏合固定。加尔桥下宽上窄，但长度方向却是下短上长，竟也十分稳固。圆拱的大小、数量以及分布极有讲究，底层6个拱，中间11个拱，最上层35个拱，据说是充分考虑了减轻自重和抗风

作用。2000多年前，没有电脑，没有数学模型和计算软件，不可能做风洞试验，罗马人的力学造诣和精湛工艺怎不叫令人五体投地？

▲ 法国尼姆城的罗马剧场

一个个看似普通的圆拱，开启了那个时代的风尚，既美化了人们的视线，又彰显了古老的智慧。尼姆城里漂亮的圆拱随处可见，不仅著名的古罗马剧场如此，连边上梵高借住过的民居窗户也不例外。

几年后，听说西班牙的塞戈维亚也有一座闻名遐迩的罗马水渠，我们不禁心向往之。2015年去西班牙度秋假时，将它列为行程的第一站。

▲ 尼姆城里的梵高故居

▲ 古罗马人神奇的杰作

从马德里机场风尘仆仆驱车抵达塞戈维亚，依然有一种震撼感，耸立在老城入口的罗马水渠，如此高大恢弘，却又这般轻盈雅致。说它像一道合围防御的城墙，却没有那样笨重；说它似一张分割城里城外的网，却又十分的坚挺。这个同样是公元前1世纪罗马人将艺术与实用完美结合的杰作，竟有800多米长，约30米高，上下两层有166个拱门。它是一座单纯的引水槽，要把10多公里外山上的水引入城堡。它比尼姆的加尔桥功能更单一、气势更宏伟、拱门更瘦长及排列更齐整，但同样巧夺天工叫人叹为观止。原来罗马帝国的铁蹄之下，也曾飞溅起无数人类文明的浪花，孰是孰非很难简单地概括，或许这便是古人所说的祸兮福所倚吧。

▲ 西班牙塞戈维亚水渠

▲ 埃武拉市内

2016年秋，我们周游葡萄牙时又先后两次邂逅罗马水渠，外形与城市高架桥相似，其实都不能算作真正的桥。甫抵埃武拉古城，便见到跨越主干道的罗马水渠，只有一层的拱门显得很细长，正好一个拱门对着一根车道。我们沿着水渠一路走进了城里的小巷，一个个拱门内竟然塞进了一栋栋狭小的民居。愕然之下，不知是该赞叹葡萄牙人善于因地制宜，还是应诟病当地政府不拿水渠当文物，老城里的罗马神殿与人骨教堂分明备受保护。

在葡萄牙首都里斯本，开车经过的阿瓜里弗水渠显得没有那么古朴。它是在已经损坏遭废弃的罗马水渠基础上恢复重建的，虽然号称18世纪葡萄牙最杰出的工程之一，但怎么看都觉得有些简单粗糙，远不如

▲ 葡萄牙埃武拉水渠

▲ 葡萄牙里斯本水渠

加尔桥的精致壮丽、塞戈维亚水渠的宏伟俊秀。心头不由顿生几分惆怅，相距千年以后的建筑，怎会大不如前呢？恰如科技不断进步的当下，传统的工艺也正悄悄地流失。想必有一天，先进的科技手段可以惟妙惟肖地复制出任何一座古罗马水渠，但会给人原汁原味的享受吗？

真心希望：高度自动化、人工智能化的未来，不会湮灭世世代代人类文明的结晶。千年回眸，还是那个你！

山城有你不再孤独

小时候，我们只知道，桥梁因水而生，跨江越河。长大后才明白，桥梁适用的范畴远不止此，还可以跨越山谷、铁路等许多障碍，城市里的高架桥、立交桥也越建越多。欧洲行开阔了我的视野，逐渐见多识广，感觉山城对桥梁的依赖甚至超过水乡。水乡没桥的话，还能靠渡船出行，而山城若缺桥，往往寸步难行，或者需要翻山越岭绕道几十里。只有深居山上的人才能真切体会到：山城有桥才不再孤独。

2016年秋天，我们去西班牙休假，一路探访被列为世界文化遗产的

▲ 昆卡古镇

▲ 遥相对望

古城，塞戈维亚、托莱多、昆卡几乎个个都是山城。究其原因，不仅是因为西班牙地处高原山区，数百年前，战事频繁的年代，交通不便易守难攻恰恰也是建城的首要条件。然而，时代的车轮滚滚向前，战时的有利地形变成了后来制约经济社会发展的障碍。

▲ 昆卡的钢便桥

我们入住昆卡著名的国营古堡酒店，这座由16世纪圣保罗修道院改建的宾馆，是眺望山谷对面昆卡古城以及悬空屋的最佳位置。难以想象，巍峨的昆卡古城屹立在海拔1000米的断崖峭壁上，被两大河谷环绕犹如一个半岛，它可以是一座牢不可破的空中堡垒，但也俨然

▲ 峡谷深深

成为与世隔绝封闭寂寞的牢笼。

百米宽的乔卡河谷，无疑是一道难以逾越的天堑，幸好有一座红色人行天桥横架峡谷，这才告别了千百年来两个山头之间的常态："鸡犬之声相闻，老死不相往来！"

▲ 如同大坝的龙达桥

西班牙南部另一座建在悬崖上的"天空之城"——龙达，虽然没被列入世界文化遗产，但其名声远胜过昆卡。"建在云端的城市""悬崖边的白色小镇""全世界最适合私奔的地方"等，从它享有的一个个浪漫诱人的名称，可想而知其受青睐

连接峡谷的龙达桥

的程度。

纵然龙达的历史可以追溯到千年之前的罗马帝国时代、拥有最古老的斗牛场而被称为斗牛士的故乡；尽管海明威对龙达极尽吹捧，他的多本小说都以龙达为灵感，甚至在小说《逝世在午后》中断言：“如果你想要去西班牙度蜜月或者跟人私奔的话，龙达是最适合的地方，全部城市目之所及都是浪漫的风景。”龙达最受人关注的景点，还是横跨埃尔塔霍峡谷的新桥。

▲ 崖上古镇

龙达伫立在海拔750米的悬崖绝壁上，险峻的峡谷像把龙达劈成两半，龙达的新老城之间只有一条路相连相通。从这条天路上往下探头才发现，原来是一座不显山露水的桥梁，下面是高达约百米的深渊！如此低调的桥梁很少见，站在桥上浑然不觉脚下是桥。从峡谷底仰望，虽可感受其伟岸挺拔的身躯，但它也有别于传统的桥梁外形，更像是一座坚固的大坝，只是大坝上多开了几个拱门。这座奇特的石桥取名新桥，是相对于城里还有座旧桥而言。新桥并不新，至今已有200多年。据说历时40多年才于1793年建成，之前还曾发生过垮塌，造成50多人丧生，为了牵手两个山头，让孤寂的山城抱团连体，龙达的先人们可谓是呕心沥血，为后辈留下了宝贵的遗产。

我们于2007年和2016年两次来到龙达，分别在新桥的两侧，享受坐在悬崖上喝咖啡的浪漫，与峡谷间的“连体大坝”遥相对望，每每被它的朴实和坚固所打动。想象如果没有新桥默默的支撑，所谓漂亮的风景、浪漫的风情，不是空中楼阁，至少也是藏在深闺。海明威再想私奔，也难跨过峡谷深渊！

桥梁成为峡谷克星的故事，不仅发生在西班牙的高原小城，卢森堡大公国的首都卢森堡市也是如此。百米宽的佩特罗斯大峡谷天生把

▲ 孤立峭壁

▲ 在悬崖上喝咖啡

▲ 卢森堡峡谷大桥

卢森堡市分成新老两个城区，但我每次驾车从火车站方向长驱直入老城区，再到国家储蓄银行的古老大楼，都是一马平川，丝毫不会感到已经在几个山头转了一圈。站在宪法广场的露台前放眼眺望，可以看到东西两侧各有一座大拱桥，隐藏在几十米深的峡谷里。由于上承式拱桥的桥面与市区的道路几乎齐平，除了栏杆没有其余的上部结构，行驶在桥上往往使人“不识庐山真面目”。谁能想到，人均收入世界排名第一的国家，其首都居然是建在与峡谷相伴的山头上！再看悬崖峭壁下的峡谷，树木繁茂，郁郁葱葱，小溪流淌，行人漫步，偶尔还有游览小火车穿梭，这里早已开发成为受人喜爱的山地公园。

我们自小就有的某些常识由此被彻底颠覆，原来，山区并不是贫穷的代名词，富裕也可以建立在悬崖上峡谷旁。但这一切无疑须归功于桥梁的鼎力助阵，桥梁非但让封闭的山城走出孤独摆脱寂寞，而且能成为山城翱翔的翅膀。中国的农村常有标语：想要富，先修路。显然道理是

▲ 俯瞰龙达桥

一样的，近十多年我国内地山区的悬崖峭壁上飞架起一座座大桥，期盼也能成为一条条脱贫致富之路。

▲ 加拿大的钢桁架桥

给我一双灵感的翅膀

在桥梁的世界里，不仅有形形色色的桥，也有千奇百怪的桥。2012年我在加拿大的维多利亚，看到一座钢桁架桥上吊着一个巨大的石块，不知是因为配重所需，还是为了有助于桥梁的开启。桥梁，方便了人们跨河过江，但由于桥下的净高有限，往往会影响航道，而提升桥面高度，势必要增加引桥的长度，非但占地更多，还会妨碍道路的衔接交汇。此乃古往今来两难的矛盾，桥梁设计师们为

▲ 1997年与伦敦塔桥合影

▲ 荷兰阿姆斯特丹的开启桥

此绞尽脑汁。于是，各种可开启式桥梁应运而生，便于船舶顺利通航。

最常见的是立转式开启，即以桥台为铰点，桥面向上翘起接近垂直状态，通行的船舶可以不受任何高度的限制。想起1997年首次到访伦敦，遇见泰晤士河上著名的塔桥开启的时候，总是吸引无数游客驻足观望；无数次乘坐阿姆斯特丹的游船，每每都要经过可开启的桥梁，模样十分相似，叫人分不清究竟哪一座是运河上标志性的瘦桥。在法国敦刻尔克和拉罗谢尔，因为河道较窄，我们看到的是桥体仅单侧向上翘起，有点类似中国古代护城河上的吊桥，只是少了两根铁链子。

其实，要论桥梁开启，当属天津海河上形式最丰富。天津海河上有各种造型的桥梁30余座，2015年秋我们专程前去探访，领略这露天桥梁博物馆的风采。果然，一条海河上囊括了开启桥的三种形式，如此情景恐怕世上少有。作为天津标志性建筑之一的解放桥，建于20世纪初，是海河上最早的一批桥梁，被列入中国工业遗产保护目录，它也是立转式开启桥，有人把它比作变形金刚。金汤桥以当年解放天津时东西两路大军在此胜利会师而闻名，它以平转式开启，桥体通过左右移动给船让出通行的航道。而海河上的海门桥，外形确实像一道大门，它是垂直提升式，根据需要主跨通过升降装置可以提升，使净空高度得以增加。但通航的高度毕竟有所限制，还会受到水位高度的影响。虽然天津海河上的开启桥有全国之最的美名，海河上的响螺湾开启桥，还以76米的主跨径成为亚洲规模最大的立转式开启桥，但是，比起我们同年夏天在英国泰恩河畔纽卡斯尔所错过的千禧桥，似乎不够新潮前卫。

从网上获悉，曾获得斯特林建筑设计大奖的英国盖茨黑德千禧桥，是当今世上第一座也是唯一的摆式桥梁。当有船舶要从桥下穿过时，桥拱与桥身会一起向一侧转动，桥拱降低，桥身升高，二者相互平衡，仿佛是牵手整体“翻身”。正如许多时尚的事物众说纷纭，这座会“翻身”的桥梁，其实就是升降式桥梁的变异，只是披上了新奇与浪漫的外衣，也闪烁着设计师的灵感和创意，但对航行的船只还是有高度的限制。

▲ 法国敦刻尔克的开启桥

▲ 英国纽卡斯尔的千禧桥

▲ 法国拉罗谢尔的开启桥

本人自以为踏遍青山阅桥无数，但突然有一天听说有一种“会飞”的桥梁，颇感惊讶与不可思议，固有的桥梁知识限制了我的想象力。

2019年9月，我们赴西班牙北部旅游度假，特地去寻找那座“会飞”的桥梁。从巴斯克地区的毕尔巴鄂向西行驶十多公里，按照导航

▲ 天津立转式开启的解放桥

▲ 天津平转式开启的金汤桥

指引来到Las Arenas小镇，沿着伊拜萨巴河行走，远远就能望见横跨河面上高耸的红色钢铁龙门架。走得越近看得越清楚，我们的疑问也越多：它会是我们要找的维斯盖亚桥吗？没有引桥或匝道，行人与汽车怎么登上去过河呢？进而表示怀疑：或许这只是个港区装卸货物的龙

▲ 天津海河上的升降桥

门吊吧？

抵达小镇中心广场边，有个像轮渡码头的建筑正好位于钢塔之下，上前细看，果然有人和车在等待过河，只是不见渡船。不一会儿，眼前类似门式起重机的钢桁架悬吊着一个白色的箱体缓缓靠近。渐渐可以看清，原来白色的箱体中间是敞开的，装载着小汽车，两侧的玻璃舱里人头攒动。分明就是一架大型的跨河龙门吊，只不过又大又扁呈长方形的"吊篮"里运载的是行人与汽车。但人们却从一开始就把它称为桥，而且是"会飞"的桥！根据不同翻译，有的叫它维斯盖亚桥，也有人以所在地比斯开省的名字称它为比斯开桥，显然，人们认定它是桥梁已不容置疑。

这座建于1893年的特殊桥梁，高45米，跨径160米，以世界首创以

▲ 西班牙"会飞"的桥

及唯一沿用至今而被当地人引以为豪。它采用了当时最先进的轻质螺纹钢，不仅代表了毕尔巴鄂当时发达的钢铁工业水平，也展示了毕尔巴鄂建筑师的设计才艺。它被列为世界文化遗产工业类景观时，世界遗产委员会将它誉为功能性与建筑美学的完美结合。我想，也可以简单地比作龙门架与轮渡功能的融为一体。于是，作打油诗一首咏之：

似桥非桥龙门吊，
吊篮当船显奇妙。
百年创举美名传，
别出心裁称飞桥。

无论说它是传统的龙门吊，还是新奇的高空轮渡船，虽保证了足够的航道净高，显然无法满足现代繁忙交通的需求，但丝毫不影响它

▲ 恰似龙门吊的桥梁

▲ 飞过河的吊篮

折射出富有大胆创意的智慧光芒。

有灵感，可以让桥“飞起来”，世界多一些灵感，定会变得更加美妙！

古老不拒新潮的点缀

躲在欧洲西南角落里的葡萄牙，很容易被人忽略，时常还遭遇误会。比如葡萄牙的第二大城市波尔图，往往会与法国的波尔多混淆。波尔多以生产高品质的红葡萄酒出名，殊不知，波尔图的葡萄美酒也毫不逊色，当年这个海上帝国风光的时候，波尔图还曾有过野心，取代法国波尔多的葡萄酒霸主地位。

波尔图是座建在山丘上的古老城市，已有1500多年的历史，建城的时间甚至早于葡萄牙王国的独立。为了跨越老城脚下的杜罗河，有三座

▲ 葡萄牙的古城波尔图

▲ 路易斯一世钢桥

▲ 一桥飞架两岸

▲ 白墙红瓦烘托中的钢铁长虹

▲ 波尔图耀眼的地标

▲ 古老不乏时尚的波尔图

大拱桥横卧其上，最出名和出彩的自然要属为纪念当时的路易斯一世国王于1886年建成的钢拱桥。

说路易斯一世桥有名，显然与它的设计师有关，如同我们今天隆重推介某个大师的作品。有人说路易斯一世桥出自艾菲尔的比利时徒弟之手，也有人猜测就是艾菲尔本人操刀的，看来无论如何都要与艾菲尔挂上钩，难怪还有人把大桥比作横卧的艾菲尔铁塔。种种说词，无非是要证明：如此杰作，非大师不足以完成。

路易斯一世桥确实独具匠心，为了适应山城的高低差，大桥分两层，上层跑轻轨，下层走汽车，而上下桥面的两侧，行人都能走。世上有不少双层的公铁两用桥，但是如此双层拱桥却不多见。优雅的大圆拱既能支撑上层的桥面，又能吊住下层的桥面，把拱桥的上承式和下承式两种受力结构合为一体，堪称一绝。

连接杜罗河两岸的大拱桥，无疑是古老山城的一大亮点，有口皆碑。漫步在大桥上可以饱览杜罗河两岸的风情，但游客们还是宁可远离大桥，竞相从各个角度去拍摄大桥的伟貌英姿。沿着杜罗河北岸河滨，能把大桥的全景看得真真切切，回味“天堑变通途”的名句是多么形象；站在南岸山头的修道院平台上，可以将大桥与山城来个合影，赞叹大桥刚劲流畅的线条让城市的经典画面愈加丰富而灵动；夕阳西下，坐在南岸酒窖的山腰露台上，品一杯红酒，欣赏金光熠熠的长虹，在层层叠叠的白墙红瓦烘托中，闪烁着时尚的符号；夜幕降临，徘徊于南岸河堤，不忍昏暗渐渐将大桥吞噬，指望穿桥而过的车流声和车光灯，给寂静的山城两岸带来阵阵的烟火味。

2016年秋，我们初到波尔图，完全没有料到，在这个偏安一隅的古老山城，可以邂逅如此动人心魄的桥梁。葡萄牙固然有过飞黄腾达的历

▲ 里斯本的4月25号大桥

史，但在19世纪中后期国力已经大幅衰退，怎么还能紧跟时代的步伐，诞生这座新颖别致炫人眼目的双层钢拱桥？要知道，当波尔图于1879年决定建造路易斯一世桥的时候，史上第一座大型钢桥——美国圣路易斯钢拱桥，于五年前，即1874年才刚竣工。人们盛传路易斯一世桥与艾菲尔有某种瓜葛，其实，大桥建成之时，法国的艾菲尔铁塔还没有开工兴建。解惑的唯一答案便是：没落的贵族，也不甘平庸与消沉，垂垂老矣的山城，依然渴望青春的活力和时尚的装点。

来到里斯本，看到特茹河上醒目的红色悬索桥，雄伟壮丽，立刻感受到更多的现代气息。而且它很容易让人产生错觉，将照片发到朋友群里，大都以为是美国的金门大桥，唯有十分细心的人才会发现桥塔横梁上的区别。原来它确与金门大桥有姐妹桥之称，因为出自同一家美国建筑公司之手，难怪颜色、桥型、长度与主跨径都极其相似。以假乱真的复制，难道不怕招来“傍大款”的非议吗？怎奈里斯本还有更多的模仿作品，就连河畔矗立的大耶稣像也与巴西里约热内卢的完全一样！

▲ 从航海碑眺望4月25号大桥

我站在航海纪念牌前眺望大桥，有点为葡萄牙感到悲哀。几百年前，一批又一批的船队，正是从这里意气风发地起航，从此踏上海洋帝国的强盛之路，殖民地遍布欧亚非，满载黄金和商品归来，让里斯本成为炙手可热的国际贸易中心。如今时过境迁，葡萄牙人只能在此立碑缅怀辉煌，也让多少人在碑前发出感叹：河水东流不复返，英雄不提当年勇！

从2000年至2016年，我曾四次到访里斯本，从“哀其不幸怒其不争”，到渐渐看淡潮起潮落，迷信风水轮流转或许也是一种自然规律。于是，姑且体谅一下里斯本，亦步亦趋得复制总好过故步自封。眼前这座名叫4月25号的红色悬索大桥，自1966年起通车33年后，1999年在大桥的下层增加了两条火车车道，可能这又是参照了1998年建成的日本明石公铁两用悬索桥。但里斯本能够在不断模仿中与时俱进，也算难能可贵，何况还挑战了桥梁建设中的难题。因为悬索桥天生刚度不大，很少运用于载重量较大的铁路运输，在已建成的悬索桥上，后期再增加火车运输线路更是难上加难。

▲ 站在耶稣像下平台上

特茹河见证了里斯本千百年的胜败兴衰，河水悠悠，仿佛讲述着一个浅显的道理：古城的历史风貌保护，并不等同于抱残守缺，唯有不拒时代的新潮，让一朵朵相宜的浪花给以点缀，才会有真正的弥久醇香！

▲ 从城堡山眺望4月25号大桥

▲ 金门大桥雄姿

名牌是怎样炼成的

说起美国的旧金山，许多人立马想起巍峨壮丽的金门大桥，它俨然就是旧金山的象征。只要提到大型桥梁，似乎所有人会首推金门大桥，因为它是世上出镜率最高的桥梁之一。金门大桥的确也是美国人的骄傲，高耸在西海岸上的雄伟形象，与东部哈德逊河口的自由女神塑像一样，无疑都成了美国的地标性建筑，但它应该比那座法国人赠送的雕塑更能彰显美国的科技水平。

在旧金山的渔人码头乘坐游船，可以从开阔的海面上，由远而近渐渐体验金门大桥的高大与恢宏；沿着金门海峡畔的长堤漫步，大桥伟岸的身躯如影随形，令人处处感受到它傲视天下的威武；在桥头专为游客

▲ 漫步金门大桥上

设立的观光点，人们竞相抢占有利位置与大桥合影，时常被浓雾笼罩的大桥，想要摄下它清晰的尊容可不容易；还能走上大桥两侧的人行道，尽管强劲的海风像要把人吹翻似的，但脚踩白云空中穿越的感觉真不错。此时，容易想起金门大桥还有个令人毛骨悚然的名字——死亡之桥，建桥至今的80年里，已有约2000人从这里纵身跳入大海。有人说，金门大桥犹如被死神盯上了一样。可换一种思维想想：金门大桥之所以成为自杀者刻意选择的升

▲ 眺望金门大桥

天之地，莫不是金门大桥太受偏爱，而被视作距离天堂最近的地方？

2018年夏天，高中同学在大洋彼岸的旧金山聚会，我第二次登上金门大桥。看到桥头陈列的钢索，大家为其如此粗壮而惊叹，有人理所当然地感叹：难怪金门大桥堪称世界之最。我怕影响别人的兴致，但又忍不住较真地澄清事实：金门大桥早已不再是世界之最，甚至已经跌出了世界最大跨径桥梁的前十名。有同学接过话茬反问道：“那为什么每天还有这么多游客蜂拥而来呢？”直直白白的一句话

▲ 桥头陈列的钢索

▲ 2018年高中同学相聚金门大桥

▲ 纽约的布鲁克林大桥

▲ 纽约的乔治华盛顿大桥

顿时呛住了我，心中虽有秀才遇见兵有理讲不清的尴尬与委屈，却也促使我思考其中的原因。

金门大桥自然是有过登顶的辉煌历史，经过四年建设于1937年竣工通车，以1280米的主跨径一举夺得世界最大跨径桥梁的桂冠，而且这项世界纪录整整保持了27年。衡量一座桥梁的规模和建造难度，往往取决于主跨的大小，因为桥梁的总长度只是简单延伸的累积，没有考量的实际意义。以金门大桥为杰出代表的悬索桥，正是世界上大跨径桥梁所采用的主要形式。由于金门大桥独占鳌头几十年，各种赞美之声不绝于耳，桥梁之最的形象早已植根于人心，在万千宠爱中金门大桥似乎不再可能被超越。

▲ 日本神户的明石大桥

金门大桥不仅外表美观，而且出身的背景深厚。悬索桥虽创始于19世纪初，最初的跨径也十分有限，但第一次的发展高峰，是在19世纪中至20世纪中。这百年间，美国相继建成的7座悬索桥，每次都刷新跨径的世界纪录，从300米一直到接近1300米。其中1883年落成的纽约布鲁克林大桥，主跨径达到486米，曾被称为真正意义上的现代悬索桥。1869年开建时，还开创了用钢材建造桥梁的历史，享有世界第八大奇迹的美誉。与布鲁克林大桥临近相望的乔治华盛顿大桥，竣工于1931年，主跨长度突破千米的记录，达到1066米。于是，强盛的美国仿佛也成了悬索桥的圣地，它以不断的创新独霸世界冠军百年之久，证明了它在悬索桥领域妥妥的领军地位。金门大桥正是凭着优良的“祖传基因”，成为悬索桥王国里的巅峰之作，焉不使人情有独钟?

如果说还有第三个原因，让金门大桥像拿了一个奥斯卡终身成就奖似的受人热捧，只能归结于美国民众天生的自恋自负和世界人民莫名的崇美热情。因为美国是世界头号强国，仅此便能使人轻易断定，美国的一切都是世界之最。假如告诉你：早在1998年日本神户的明石海峡大桥

▲ 雾锁金门

就以1991米的跨径勇夺世界第一，跨径之大甚至超过金门大桥主跨的1.5倍，甲冠天下的记录至今没被突破，也许有人会说从没听到过；假如告诉你：当今世界最大跨径桥梁的前十名里，中国占有六席，而金门大桥早已名落孙山，可能不少欧美人不肯相信。即使勉强默认这一切，又有多少人愿意跑到哪个毫不知名的角落，去欣赏所谓的世界最大桥梁呢？

我一直搞不明白：每次经过巴黎香榭丽舍大街路易斯威登的店门口，怎么老是看见排着长队？不仅限制人流入内，还要限定购买数量，人造革的包包为啥比真皮的卖得还贵？在中国电视节目里，有时看到曝光某奢侈品牌服装质量抽检不合格，可为啥丝毫不影响其照样热销火爆？有人说那就是名牌的力量。原来，名牌的背后自有人们固化的思维作坚强的支撑，是人们对某种迷恋的执着与坚守，不需要完全经过理性和逻辑的论证，更无关正确与否。

雾锁金门，是旧金山的一大著名景观。拨开浓雾，金门大桥何时也已成了桥梁界的最大名牌？

最美不应成为独美

同样是东欧的名城，布拉格的伏尔塔瓦河上多的是拱桥，吹拂着悠悠古风。而布达佩斯的多瑙河上，悬索桥、钢桁架桥耸立，显得高大壮丽，立马多了一些现代气息。

流经布达佩斯的多瑙河上共有九座大桥，最出名的肯定是链子桥。它的真名叫塞切尼大桥，与一个传说故事有关。传说有多个版本，但根据大意可以遥想当年一幕动人的情景：漫天飞雪的寒冬之夜，骑兵司令塞切尼伯爵带着随从，策马飞奔多瑙河畔，因为接到家报，老父病危，他火急火燎要赶往对岸的家中探望。不料河面冰冻，木质浮船无法渡河，塞切尼只能眺望对岸仰天长叹。苦苦等到一周之

▲ 链子桥全景

▲ 链子桥头

后，冰雪消融，塞切尼终于抵家，怎奈老父亲已经撒手西归。切肤之痛让塞切尼立下誓言，一定要在多瑙河上修建一座桥梁。他带头捐赠薪俸募集资金，聘请桥梁专家，经过十年建造，1849年，连接布达和佩斯的第一座桥梁得以大功告成，为纪念塞切尼的勋绩便以他的名字为桥梁命名。

虽然塞切尼大桥诞生于一个悲切的故事，它的主跨只有202米，但是它闪亮登场的形象却是相当的雄壮威武。出自英国设计师之手的两座桥塔，如同两个雕饰精美高大坚固的凯旋门，显现出古典欧洲的王者风范。两端桥头各雄踞一对气宇轩昂的巨大石狮，像是日夜护卫着大桥，霸气十足。而悬挂在桥塔上的粗壮钢索，刚中带柔，勾勒出大桥优美的曲线，被匈牙利人誉为多瑙河母亲胸前的项链。由于钢索的形状像一条铁链子，人们渐渐把大桥俗称为链子桥。

100多年来，匈牙利人非但对链子桥极尽赞美，还进而寄托了许多美好的愿景。于是，情人牵手走过链子桥成为当地十分流行的风俗，因为有匈牙利诗人说过：哪怕和爱人在桥上只待15分钟，都会感受到爱情的力量、婚姻的真谛，享受到真正的浪漫。还有人坚信：行走在链子桥上，如果恰逢有船从桥下通过，此时此刻虔诚许下的心愿，一定会实现。匈牙利人对链子桥的挚爱可见一斑。

其实，漫步链子桥，只能体验其浪漫的氛围，真正要浏览链子桥的英姿全貌，必须登高俯瞰。从布达一侧的桥头对面，可以乘坐缆车上城堡山。随着缆车慢慢爬升，犹如对链子桥进行通体扫描，不同高度的视觉美感缓缓进入眼帘。当然，只有站在城堡山的平台上，才可以将链子桥以及周边的景观一览无遗，欣赏它横卧多瑙河、牵手布达佩斯、与美轮美奂的国会大厦相映成辉，构成这座城市最经典醉人的画面。

▲ 链子桥夜景

▲ 走过链子桥

放眼城堡山脚下的多瑙河，一座座桥梁如同列队出演，又像竞相媲美：白色悬索桥是伊丽莎白桥，绿色的钢桁架桥是自由桥，还有诗人裴多菲桥，以及玛尔吉特公主桥等。

想起2005年冬天，我首次来访布达佩斯，听当地导游说，也有人极其喜爱简洁轻盈的伊丽莎白桥。抑或是爱屋及乌的缘故，因为桥梁的名字取自深受匈牙利人民爱戴与敬仰的奥匈帝国皇后茜茜公主，至今她的巨型铜像仍安放在这座桥布达一侧的小花园里。赞美绿色自由桥的人更不少，这座建成于1896年的钢桁架桥，确实有些别致，桁架上的四根立柱像尖塔，顶端还各有一个飞鸟的铜像，十分罕见。最初以奥匈帝国皇帝弗兰茨·约瑟夫的名字命名，与邻近的伊丽莎白桥合称“夫妻桥”，有点琴瑟和鸣的意思。有人称它更像一件文艺范十足的怀旧艺术品，翠绿的色彩，精致的雕饰，尤其当一辆黄色的老式有

▲ 俯瞰链子桥

轨电车慢悠悠驶过的时候……

然而，我却不以为然，总觉得它们无法与鹤立鸡群、众望所归的链子桥相提并论。2008年底我陪朋友来到布达佩斯，甚至直言不讳地介绍道：看过大气端庄典雅俊秀的链子桥，这里其他的桥就不需要再看了。

2016年春天，我再次站在布达城堡山的平台上，岁月的洗涤已让内心少了一些偏激多了几分包容。历经世事才懂得，多瑙河上不同造型的桥梁，各有其美和所用，只是见仁见智而已，没有人会刻意建造一座明知丑陋的桥梁。何况，没有比较，也就不存在最美。唯有大千世界的多样性、丰富性、竞争性充分彰显，才符合人们青菜萝卜各有所爱的心理需求。如果多瑙河上千篇一律都是链子桥，那将是怎样奇怪和难堪的场景？

▲ 多瑙河上的伊丽莎白桥

▲ 多瑙河上的自由桥

那些偏爱伊丽莎白桥或自由桥的人，终于可以被理解了，虽然我不苟同其趣味，但矜奇立异、不盲目从众的精神仍值得景仰。记得上小学时，老师就教导我们："一枝独秀不是春，万紫千红春满园。"纵然是最美的鲜花，也绝不应该成为"我花开后百花杀"的独美！

▲ 2016年再登城堡山平台

你是不老的时代标志

伦敦的塔桥，作为伦敦的地标建筑之一，也是出镜率极高的，慕名前来的游客络绎不绝，甚至每次来到伦敦都要前往“打卡”，就像某种朝拜，至少我三次来伦敦都是这样的。

伦敦塔桥的名字，有点叫人莫名其妙。并非桥上有塔，或桥塔像塔，而是因为紧挨着著名的伦敦塔。但伦敦塔也不是一座高耸的塔，而是泰晤士河畔一座历史悠久的要塞城堡。它不仅是坚固的堡垒，还曾作为国王的宫殿，里面设立过国库、铸币厂、天文台、军械库、避难所，还有关押上层囚犯的监狱。作为伦敦重要的建筑文物，1988年伦敦塔被列为世界文化遗产。

伦敦塔桥十分抢眼，因为泰晤士河上其他14座桥梁的桥身都很低，不显山露水，而塔桥两座高耸的方形桥塔，有40多米高，鹤立鸡群十分高调。此外，塔桥的造型也格外别致，将多种元素融为了一体：两座塔楼像雄奇壮伟的城堡，两个边跨是悬索结构，蓝色的钢索似悬挂的彩带，而中间主跨又能立转式开启，上面还有两条高空走道。欧洲古典主义的贵族气质与当时流行的时尚风格，以及不影响通航的实用功能，完美地组合在一起，形成了世上独一无二的风景线。

▲ 三访伦敦塔桥

▲ 泰晤士河畔的伦敦塔

每当巨轮鸣笛而来，下层的桥面会自动向两边翘起，保证巨轮通过。如今，通过这里的大船并不多，据说平均每周只有一次，所以，游客想要看到桥梁开启十分难得，如恰好撞见，自然欣喜万分，犹如中了彩票。

▼ 开启的伦敦塔桥

▲ 古朴厚重的门楼

伦敦塔桥不仅是时代的产物，也是民意推动的结果。19世纪下半叶，随着伦敦城市东扩及经贸发展，泰晤士河两岸的交通拥堵不堪，民众请愿多达三十余次，终于促使议会授权，在泰晤士河下游新建一座大桥。从1886年至1894年，历经八年，姗姗来迟的塔桥一登场便获得满堂彩。

伦敦塔桥，当地人引以为豪，游客慕名而来，俨然已成伦敦的象征，远远超出了桥梁本身的意义。走上塔桥，犹如走进一段历史，走过一个时代。从桥头穿过厚重古朴的门楼，就像进入英式庄园的大门，高耸的五层塔楼迎面而来，分明是维多

▲ 童话般的蓝白吊索

▲ 恰似古堡的桥塔

利亚的神秘古堡。三角形的屋顶上金光熠熠，配上四周的小尖塔，容易让人联想到庄重的王冠。而悬挂在塔楼两侧的“彩带”，似乎又欲将人带入童话般的世界。此刻，如果不去张望泰晤士河两岸，早已忘记身在桥上，却会有一种置身迪士尼乐园的错觉。走近细看蓝白相间的“彩带”，发现它不是悬索桥常用的柔性钢索，而是一段段钢板锚固拼接起来的。当时世上还刚刚开始使用钢材建造大桥，悬索结构桥也才迎来第一次发展高峰，会赶时髦的伦敦塔桥，彰显的是英国完成工业革命之后的雄厚实

▲ 伦敦塔桥开合的拼接处

力与技术水平。川流不息的汽车与人群，来往于塔楼下的大门洞，而通过两侧边上的小门洞可以进入塔楼，参观博物馆、逛逛商店、到酒吧里喝上一杯，世界大都市的繁华，也能在这里得到体验。进入主跨桥面，立刻感觉到头上顶着两条高空走道，要想登临眺望泰晤士河的十里风光，可以从北面的桥塔乘坐电梯。当世无双的桥上高空走道，当初是为了桥面开启时便于行人通行，不想如今成了别具一格的空中观景平台。如果巧遇薄雾锁桥，脚踩白云的感觉更像漫步在如梦如幻的仙境。不少人怀着对开启式桥梁的兴趣，用心在桥面上寻找可以翘起立转的地方。难以想象，当年因为几个码头老板反对造桥，当局便毅然决定建造一座可开启式的桥梁，避免影响航道。对此，我们无法评判其投资性价比，但十分羡慕少数人的诉求能够得到尊重，从中隐约闻到一丝英国贵族精神中善于妥协的气息。上千年的神圣王权之下，尚能在如此鸡毛小事上倾听民意，匪夷所思之余更觉难能可贵。

▲ 桥上还有高空走道

100多年来，尽管更高、更长、更新的桥梁层出不穷，但人们始终没有喜新厌旧，对伦敦塔桥依然钟情不渝。因为它像一本历史教科书，写满了那个远去的时代的故事，更像一件祖上留下的豪华家具，叫人赞叹其精良做工的同时，不禁要缅怀曾经风光无限的岁月。

2020年，我原计划六月送女儿去伦敦政经学院读夏校，可以再次

▲ 塔桥是伦敦最著名的地标

登临塔桥，欣赏它五年后（距离上一次去伦敦）的近貌。不料突如其来的新冠肺炎疫情，打乱了整个世界，改变了所有人的生活，真不知何时能云开日出重游英伦。但不管再过多少年，我坚信：高颜值有内涵的伦敦塔桥，绝不会色衰爱弛，反而会与邻近的伦敦塔一起弥久醇香。因为它们都是大英帝国不老的时代标志，蕴含着多少人挥之不去的怀旧情结。

▲ 撑篙剑河

小桥流水好伴书香

早有耳闻，英国剑桥大学的校园美丽迷人，何况还有徐志摩的诗篇《再别康桥》脍炙人口，如雷贯耳，不能不叫人无限向往。2015年夏天，趁暑期校园对外开放，随数千游客大军一起，走马观花，我们终于如愿以偿。

如同伦敦塔不是塔，剑桥也不是桥，而是一座城市。英文名称Cambridge，被中国人翻译时拆开了，Cam+bridge，音译+意译便成了剑桥（据说广东话的发音Cam念作“剑”），在徐志摩的笔下则为康桥。尽管剑桥不是桥，但剑桥大学的校园里的确有不少的桥。长长的剑河（也称康河）像一根绿色的绸带，串联起大学的各个学院，而各个学院的一座座小桥，犹如绸带上闪亮的玉珠，将碧波粼粼的康河点缀得越发生动。有关桥梁的一个个传说，又给风情摇曳的校园增添了不少灵气与趣味。

连接王后学院的数学桥出镜率很高，这座像搭积木似的桥梁，传说是牛顿运用数学和力学原理设计建造的，整座木桥上没有使用一根钉子。后来有学生把它拆下来，想看个究竟，却怎么也恢复不了原样，不得不采用钉子固定。其实，数学桥是牛顿去世后22年才建的。

国王学院对应的单

▲ 数学桥

▲ 国王桥

▲ 国王桥头的石碑

▲ 克莱尔桥

孔石拱桥，外形十分简朴，但国王桥的名字很响亮。它尤其受中国游客的偏爱，因为桥头竖着的一块石头上，刻有徐志摩的优美诗句。不知几十年前，国王学院的那位借读生，是否就在这座桥上吟诵他那撩人心弦的《再别康桥》？

坐船经过康河上最古老的三孔石拱桥，每个撑篙者都会讲述克莱尔桥的一个相同典故。这座古雅精美的拱桥栏杆上，各有七个装饰石球，而左边倒数第二个球的后部，被整齐地切掉了一块。原因是学院仅付给建筑师15便士的设计费，建筑师一气之下，故意将石球切掉了一个15度角，发誓要让这座桥梁永远不得完整。

▲ 圣三一学院的桥

继续向北前行，来到圣三一学院，它是剑桥所有学院中最牛的，高贵的礼拜堂里，骄傲地陈列着从这里走出的一

▲ 厨房桥

大批学术泰斗的塑像，连乔治六世国王、查尔斯王子也都毕业于此。但眼前的三孔石拱桥，却显得朴素无华，异常低调。

圣约翰学院被称为“英格兰最漂亮的都铎式庭院”，它拥有两座古老的桥梁。在一侧桥头有两个高立柱的三孔石拱桥，取了一个很有烟火气的名字——厨房桥，传说以前圣约翰学院的学生必须要经过此桥，才能到达食堂吃饭。

与厨房桥相距咫尺的叹息桥，连接了圣约翰学院的老庭与新庭，它是康河上名气最大的桥梁，据说连维多利亚女王见到后也赞叹不已：“这么秀丽！这么别致！”关于它的名字来源，流传着不同的版本。有的说，因为通不过考试的学生常来此叹息悔过，所以叹息桥被修建成封闭的，防止想不开的学生从桥上往下跳。也有的说，因为校方惩罚犯错的学生在此反省，学生悔不当初，往往叹息不止。其实，

▲ 叹息桥

▲ 小桥流水

真正的原因是，由于该桥的结构形式与意大利威尼斯的叹息桥十分相似，所以人们很习惯地把它叫作了叹息桥。

桥梁不仅要有外在的形式美，也需要有故事引人入胜，无论这些传说或真或假，总能博得人们莞尔一笑。善与美，不一定每时每刻都要与真相伴。

剑桥大学无愧于世界顶级学府的桂冠，800多年的校史造就了牛顿、达尔文、凯恩斯、培根、罗素等彪炳史册的科学巨匠，以及90多位诺贝尔奖得主。而剑桥胜似皇家帝苑的美丽校园也是当今世上绝无仅有，这两者之间有没有一定的关联性呢？虽然无从考证，但我还是宁愿相信：纯洁的空气可以净化心灵，宁静的氛围使人心无杂念，赏心悦目的小桥流水，恰好陪伴飘逸的书香，相得益彰，让莘莘学子心中

▲ 徜徉校园

有波澜，小桥因琅琅书声更传神。

正如“那河畔的金柳，是夕阳中的新娘”，能够催人诗兴大发，只有“在康河的柔波里”“满载一船星辉”，一代诗人徐志摩才能写出百年流传的名诗佳句。由此我突发奇想：中国的高校几十年来为何出不了大师，不会是因为校园里缺少小桥流水吧？

我知道自己的想法很片面很幼稚，但我还是愿意傻傻地幻想：有一天，中国的高校能像剑桥大学一样多一些小桥流水，吸引师生们回归各自本真的角色，不受尘世的纷扰和污染，远离浮躁，心无旁骛，美丽纯洁的校园里会不会就能因此多诞生一些大师了呢？

▲ 俯瞰市政厅和阿尔斯特湖

重返桥都数辉煌

汉堡，我的第二故乡，曾经在此生活整整十年。然而，当时我并不知道它拥有2500座桥梁，且获称世界桥梁之都。

20年前我回国发展，更没有想到会与桥梁结缘以桥梁为业。仿佛一切都是冥冥注定：入读同济，蛰伏桥都，莫非上帝之手一直在刻意牵引？恰逢赴德30周年，率领公司的技术骨干来到汉堡考察桥梁，荣归故里的自豪感难以自禁。穿着员工为我生日特制的“礼服”，感慨万千，吟诗抒怀：

弹指一挥三十年，
亲兵相拥来还愿。

桥都十载非蹉跎，

原来骏业有前缘。

曾经熟视无睹的一座座桥梁，如今用专业的眼光细细打量，竟有一种异常的亲切感。

▲ 小庆生日和赴德30年

桥都的门户自然以桥梁为标志。位于德国北端的汉堡，南下的高速公路出入口矗立一座刻有汉堡城标的大桥，它以雄健的英姿迎来送往。连续三跨的钢拱桥，就像挥舞的蓝色绸带，在绿树掩映下尽情欢呼。隔水相望的是另一造型的三跨钢拱桥，犹如张开热情的双臂，拥抱乘坐火车出入的四方宾客。

作为欧洲第二大港的汉堡市，曾经的港区保税仓库是它辉煌的一页，还被列为世界文化遗产。从老城通往仓储区是一座座钢桥，周到

▲ 汉堡南下公路的门户

▲ 火车出入汉堡的必经之桥

的养护让人无法看出它真实的年龄。只有破旧的桥面木板，不经意间透露出岁月的沧桑。十几年前开发港口新城，保税仓库自然已被动迁。

▲ 通往保税仓库的钢桥

昔日配枪站在桥头的税务警察早无踪影，但依然如故的老桥，始终吸引着当地居民来此漫步怀旧。更有兴致盎然的游人访客，乘坐游船穿梭在仓储区的运河中。一排排砖红色的仓储楼，一座座连接大楼的钢拱桥，能够让人找回消失的岁月、曾经的风光吗？通往仓库货栈的桥梁怎会建得如此纤细单薄？如同山野里遇到一个苗条淑女叫人不可思议。显然那时候没有多拉快跑的超载物流车！这里也有奇特罕见的桥梁，眼前这座人行天桥你能找到它的受力点吗？桥上常有各种达人表演，引人驻足围观。瞧，这个真人雕塑正表演隔空端坐，又是靠什么支撑的？伴随着港口新城的开发，老桥不再寂寞。身旁拔地而起的交响音乐厅是汉堡的新亮点，车水马龙会让这座轻盈的系杆拱桥不堪重负吗？昔日的港区旧貌换新颜，成为汉堡一道亮丽的风景线，但依然离不开四通八达的桥梁。

汉堡处处有桥梁，连市区的地铁也偏爱系杆拱桥。几十年前建造的地铁即采用钢结构高架桥，令人感叹德国人理念之超前和财力之雄厚！后期维护之到位更值得我们学习借鉴。

▲ 昔日的保税仓储区

▲ 保税区里到处是钢拱桥

▲ 纤细的钢拱桥

▲ 奇形怪状的人行桥

▲ 桥上有人隔空打坐

▲ 通往交响音乐厅的桥

▲ 地铁也偏爱系杆拱桥

▲ 地铁高架全是钢桥

▲ 登临游轮的廊桥

沿着河滨一路前行，便来到易北河游船码头。方便登临游船的廊桥是不是很特别？老码头的栈桥是汉堡著名的景点，没有来过可不算到过汉堡！如果说易北河是汉堡的母亲河，老码头栈桥便可称为汉堡的发祥地，当年多少货物正是通过这一座座栈桥出入汉堡。

▲ 老码头的栈桥

继续向前就是蜚声欧洲的汉堡鱼市场，曾经是四方游客来汉堡的必到之处，商贩的吆喝声始终回响在人们的记忆中，如今却早已焕然一新，远离了海腥味，平添了时尚气息，凌空飞架起一座座轻巧别致的人行天桥，若没有人在上面行走，谁能知道这是桥梁？从鱼市场可以远远地眺望对岸的斜拉索大桥，它有汉堡桥王之称，想要近距离观赏可不容易，需要行车十几公里深入港区内。

▲ 鱼市场架起了人行天桥

▲ 昔日的鱼市场变得时尚

▲ 汉堡的桥王

▲ 商业中心也像个水城

有水有桥的汉堡商业中心别具一格尤为秀丽，德国没有一座城市可以因此相提并论。倚水长廊、临桥平台，冲淡了商业气息，丰满了优雅的视线。汉堡不仅得益于易北河的养育，更有风姿绰约的阿尔斯特湖为其增添无穷魅力。然而，丰富的水系、发达的交通哪里可以离开桥梁的相助？就连市政广场边上也不能缺少碧波映拱桥！

▼ 楼在水里桥在楼间

▲ 市政厅对面的桥

港城汉堡，依水而建，因水才美；桥都汉堡，桥显辉煌，桥添妩媚。故地重游，不由想起孟郊的千古名句，略改最后三字：“春风得意马蹄疾，一日看尽汉堡桥！”虽有相似的心情，寓意则完全不同。

奇迹从来不是意外

德国易北河畔的古城德累斯顿被公认为原东德地区最有文化底蕴、最漂亮的城市。随着1990年10月两德统一，德累斯顿重新受到世人的关注。

1994年的圣诞夜，我第一次来到德累斯顿，依旧蓬头垢面的老城，在冬季的昏暗笼罩下，愈加叫人觉得酸楚和郁闷。市中心有一座横跨易北河的古老石拱桥，给我留下了较深的印象，因为如此年代悠久的九孔石拱桥在德国并不多见。

没想到我回国创业后与桥梁结缘，偶尔会想起德累斯顿的石拱桥。经网上查询，才知道那是约有千年历史的奥古斯特大桥，曾是欧洲最长

▲ 德累斯顿的奥古斯特桥

▲ 洛施维茨大桥

的桥梁之一。2017年和2018年，我两次率领公司的技术骨干到欧洲考察学习，专程安排前往德累斯顿实地探访奥古斯特大桥。恰巧该桥正在做加固维修，手下的这些桥梁技术人员，从桥上到桥下，看得饶有兴趣。偶然听当地人介绍，附近还有一座名叫蓝色奇迹的钢桥很出名，我们自然欢欣雀跃，立刻前去“搂草打兔子”。

蓝色奇迹也叫洛施维茨大桥，相距奥古斯特大桥不过几公里，建于1893年，在德累斯顿现有的跨易北河桥梁中，其古老的历史仅次于奥古斯特桥。因桥身钢桁架被涂以蓝色，以及河中未设桥墩的首创技术，故得名蓝色奇迹。

能够被称作奇迹，肯定要有非凡之处，虽然用今天的技术眼光打量，早已不足为奇，但在百年之前无疑是了不起的创举。当年它吸人眼球的最大亮点在于，钢桁架结构跨径达到200多米，成为欧洲第一座河中没墩柱的桥梁。据说设计师的灵感来自木骨架建筑，通过四个钢制三

▲ 稳固的桁架悬臂梁结构

▲ 孜孜不倦探寻奇迹

角形桁架的铰接，形成稳固的桁架悬臂梁结构。独特的设计和优质的工艺，使这座桥梁历经风雨稳如泰山，仿佛是金刚不坏之身，任何天灾人祸都与它擦身而过。易北河汹涌的洪水，曾多次损坏奥古斯特大桥，而洛施维茨大桥始终安然无恙。是因为钢筋混凝土和钢材远坚固于传统的石砖，还是得益于桥梁较高的净空以及河水中没有墩柱？更加不可思议的是，第二次世界大战结束前夕，英美盟军实施史上著名的德累斯顿空袭大轰炸，整座城市几乎化为废墟，洛施维茨大桥居然毫发未伤。究竟是英美飞行员不忍心让蓝色奇迹从世间消失，还是老天爷也对它礼让三分？这个意外的插曲似乎为蓝色奇迹蒙上了几分神秘的色彩。

我们没有像普通游客那样乘坐悬挂式缆车登顶对岸的山丘，俯瞰蓝色奇迹。同行的桥梁技术骨干顶着深秋的瑟瑟寒风，忙着研究起大桥的细节部位，乐此不疲。而我躲进了桥头那家老牌咖啡馆，望着窗外的蓝色桁架，捧着暖手的现磨热咖啡，脑海里浮现出德国各大城市里熟悉的一座座钢桥。法兰克

▲ 法兰克福的人行钢桥

▲ 科隆的钢拱铁路桥

▲ 柏林的“间谍桥”

▲ 汉堡市内的高架地铁

福跨越美茵河的人行铁桥、科隆大教堂前横卧莱茵河上的霍亨索伦铁路拱桥、原东西柏林之间的分界岭——格里尼克桥（因冷战时期美苏在此交换被俘的间谍，也被人称为间谍桥），以及汉堡市内连地铁也是钢结构的高架桥。以前没有特别留意，如今一梳理才发现，原来德国人那么喜欢建造钢桥。这些诞生于19世纪末至20世纪上半叶的桥梁，恰好遇上了德国钢铁工业蓬勃发展的时期，强度高、刚度大、施工方便且周期短，钢桥的种种优势得到了充分的发挥。虽然各国或多或少也都有钢桥，但是给人的感觉，似乎钢桥更符合德国这个工业制造大国的身份。尤其是“德国制造”的美名扬天下，更容易使人坚信，这一座座坚固的钢铁大桥，分明就是德国先进工业水平的化身，纵有再多的奇迹，也在情理之中。

距离第一次来德累斯顿不觉已经20多年，拥有800多年历史的古城早已涅槃重生，“最美的巴洛克城市”

▼ 德累斯顿的茨温格宫

▲ 毫发未损的蓝色奇迹

“易北河畔的佛罗伦萨”，各种桂冠与美誉尽收囊中。大气磅礴的茨温格宫、雍容华贵的大剧院、重见天日的圣母大教堂、有欧洲阳台之称的布吕尔平台，无不吸引世界各地的游客前来探访，我不禁由衷感叹：德累斯顿旧貌换新颜的沧桑巨变，不也是一个人间奇迹吗？

虽然蓝色奇迹免遭轰炸有意外的成分，但是，蓝色奇迹本身绝非偶然。世上从来没有无缘无故的事，想想德国经历两次世界大战，每每都能从毁灭中站起来，昂首屹立于世界强国之林，此乃德国最大的奇迹，有谁敢说这也是个意外呢？

何处廊桥有遗梦

20世纪90年代，美国电影《廊桥遗梦》一上映便蜚声海内外。好莱坞真是煽情的高手，一个中年妇女外遇的故事，居然可以演绎得缠绵缱绻、感人肺腑，赚取了无数多愁善感者的眼泪。影视剧往往会带红一批景点，据说有很多人专程前往电影的外景拍摄地，去寻找那座廊桥，各地的廊桥也开始受人关注。

当时我居住在德国，因工作关系多次前往瑞士，见到不少廊桥，一下子觉得亲切许多。只不过我所见到的瑞士廊桥，不像电影里位于郊外旷野，而是处在城镇的中心。我十分钟爱的图恩小镇，就在阿尔卑斯山脚下的图恩湖畔，入住的宾馆两侧各有一座古朴的廊桥。廊桥顶上的红瓦已经褪色得斑驳陆离，木头框架的颜色也深浅不一，桥头和护栏的面板明显泛白，而栏杆上常年挂满的鲜花，耀眼夺目，就像不服老的老媪，扎上一条亮丽的围巾，立马多了几分生气。桥面中间有水闸的开合机械装置，两边是行人通道，日夜不息的哗哗水流声，比间歇的大海浪涛声，更加富有活力。我十分享受晚饭后在河边散步，廊桥背后苍翠的大山顶上，皑皑雪峰清晰可见，宁静的小镇唯有汩汩的流水，在昭示着世间的生生不息。偶有一对古稀老人牵手走过廊桥一侧，晚霞中的恩爱背影，如诗如画，仿佛这里就是他们的《金色池塘》，

▲ 电影《廊桥遗梦》场景

▲ 瑞士图恩镇的廊桥

叫人羡慕得也想在此终老一生。

瑞士最负盛名的廊桥是卢塞恩的卡佩尔桥，它不仅比图恩的廊桥长好几倍，而且历史更悠久，始建于1333年，称得上欧洲最早的有顶木桥。桥的横眉上还有120幅宗教历史油画，描述当年黑死病流行的景象。木质廊桥最怕火，卢塞恩这个标志性建筑恰曾毁于大火，1993年8月我在德国的电视上，目睹了那场灾难的实况报道。修复后的卡佩尔廊桥，内部虽有新建的痕迹，但丝毫不影响它集万千宠爱于一身。

▲ 2006年留影图恩廊桥

恰似人间仙境的卢塞恩

▲ 修复后的卡佩尔桥

▲ 瑞士卢塞恩卡佩尔廊桥

▲ 卡佩尔廊桥

卢塞恩被人称为瑞士最漂亮的地方，它集中组合了瑞士最经典的美的元素。尽管如此，所有人对卢塞恩印象最深的还是卡佩尔廊桥。

我每次到卢塞恩，只要时间许可，都会在廊桥边坐下来喝杯咖啡。手握咖啡杯对着廊桥凝望的时候，总有几分嫉妒，世界上最富裕的地方，怎么老天还赐予它如此人间仙境？每天走在廊桥上的瑞士人还能有什么追求？

以后我回国定居，发现国内的廊桥更多，自从《廊桥遗梦》热映之后，以前很少出现的廊桥二字，很快成了所有带顶盖桥梁的统称，而它们原有的名字却是五花八门的。

有的叫亭桥，扬州瘦西湖上的五亭桥便是典型的一例，桥上有五个大亭子，称作亭桥也属形象，但若要归为廊桥我觉得多少有些牵强。当年文人骚客“烟花三月下扬州”，风流倜傥，诗情画意，如今五亭桥上人声鼎沸成了四方游客热衷打卡的集聚地。

带顶的桥梁自古就有人为它取名彩虹桥或虹桥。2007年我们去婺源游览彩虹桥，听到介绍说：小时候看过的电影《闪闪的红星》曾在这里拍摄，潘冬子给游击队送盐，在桥上被国民党军搜查。壮实的砖石桥墩上，轻巧通透的木廊桥，当年是敌人的哨卡，今天则是美丽乡村的名片，潘冬子的梦想成真：“砸碎万恶的旧

▲ 扬州瘦西湖的五亭桥

▲ 婺源的彩虹桥

▲ 凤凰古镇的虹桥

▲ 贵州西江苗寨的风雨桥

▲ 贵州梵净山下的风雨桥

世界，万里江山披锦绣”（该电影插曲）。

2020年7月来到慕名已久的凤凰古镇，看到当地最有名的虹桥却有点失望，三孔石拱桥上盖了三层的中式风格建筑，远看以为是一座城楼。桥上两侧开满商铺，楼上还有茶室和音乐酒吧、卡拉OK，浓烈的商业气味玷污了人们心中对廊桥所寄予的一丝诗意，怎么可能会有浪漫的故事！

称风雨桥在国内有些地方也很普遍，从其遮风挡雨的功能来看，倒也名副其实，只不过属于货真价实的廊桥古迹不多，大部分都是为了发展旅游而新建的“装修桥梁”。披着廊桥的外衣，其实是在现代混凝土梁桥或拱桥上加盖了花哨的亭廊，以骗取游客的审美好感。不过，明显属于周瑜打黄盖，一个愿打，一个愿挨！

想要见识真正的中国廊桥，不能不去廊桥之乡——泰顺。这个位于浙江与福建交界的山区里，隐藏着几十座数百年历史的古老廊桥，在当

▲ 中国廊桥之乡泰顺

地却有个听起来很奇怪的称呼：蜈蚣桥，因为它的外形与蜈蚣相似而得名，尽管它没有蜈蚣脚。这里的廊桥有的也是水平的梁桥形式，但大部分是如蜈蚣的木拱桥，而且还有叠梁飞檐，华丽且张扬，国内外十分罕见，堪称一绝。然而，这些国家级的文化瑰宝虽然保存完好，但早已不能满足现代交通的需要，无奈被旁边新建的钢筋混凝土桥梁取代职能后，只能像个无处安放的大古董，被搁置在露天，成了没多大用处的摆设。因桥坡陡，爬坡费力，过桥的行人也极少，大有被遗忘的落寞之势。偶有喜欢摄影、写生或从事桥梁、建筑设计的专业人员慕名前来探访。除了能招揽零

▼ 俗称蜈蚣桥的泰顺廊桥

▲ 泰顺的文重桥

▲ 泰顺的文兴桥

▲ 泰顺最著名的北涧桥

星的游客，先人的宝贵遗产似乎与当地人的日常生活已没有多大关系。

幸亏遇到民宿的王掌柜，热心给我们讲解当地廊桥的历史与典故，一眼就能看出，这是个见过世面的能人。聊下来才知道，40岁出头的年纪，闯荡江湖已有20年，毅然回到熟悉的故土，在最有名的北涧桥附近创办了高品质的民宿。当年他父亲作为村里第一个万元户，最大的愿望是把孩子送到城里，而他在城里奋斗多年后又重返乡下，老父亲和许多亲朋好友都不能理解。曾经沧海以后，他希望拥有一种自己喜欢的慢节奏生活：不需要刻意地追求名利，没有很大的负荷压力，随心所欲地生活，遇到懂得欣赏的人，倾心吐意交个朋友。

▲ 泰顺的溪东桥

我怎么觉得，那些闲置在溪上的廊桥，不也正是处于这样的意境中吗？一个日夜守着廊桥的人，演绎着新的廊桥遗梦！

▲ 泰国曼谷附近的桂河大桥

分不清的善恶是非

▲ 2004年留影桂河大桥

2004年春节期间赴泰国旅游，来到曼谷郊外参观桂河大桥，它因为第二次世界大战期间美日的激战而闻名，美国还拍了一部同名电影《桂河大桥》。只见这座桁架梁桥的中间两跨近似长方形，与其他跨的弧形明显不同，据说这是被炸毁

▲ 沿用至今的钱塘江大桥

后修复的。不足八岁的儿子问我："是坏人炸的还是好人炸的？"面对这个天真无邪的问题，我一时语塞，好人与坏人如何定义？按照通常的逻辑，总是好人造桥功德无量，坏人炸桥破坏捣乱，然而战争年代里，许多事情都被颠倒了，正如这里的桂河大桥，由日本侵略者所建，而炸桥的美军则是反侵略的正义之师。我们小时候看的抗战电影，八路军为了破坏鬼子的交通线，不也常常冒着危险撬铁轨炸桥梁吗？电影《铁道游击队》主题歌便是例证："撞火车那个炸桥梁，就像钢刀插入敌胸膛。"此时已不能用传统的道德和逻辑来衡量人们的所作所为，为了打击敌人，可以无所不用其极。

然而，有时为了大局利益，好人也需要亲手炸毁自己设计或建造的桥梁，钱塘江大桥就是一个最典型最悲痛的实例。中国的桥梁之父茅以升，因年幼时亲眼所见，看龙舟赛的人群压垮桥梁，导致多人死伤，于是立下壮志：长大后一定要造出最结实的桥梁。从美国学成归来后，果然如愿以偿，1937年9月26日由他主持设计和建造的钱塘江公铁两用大桥通车启用。这是中国人自己设计和施工的第一座现代钢铁大桥，因此被称作中国桥梁史上不朽的丰碑。

茅以升抱着“工程爱国思想”，不畏惧钱塘江的地质复杂、水势险

▲ 钱塘江公铁两用大桥

值得深思的历史 ▶

恶、台风袭击，以及民间早有“钱塘江上架桥——办不到”的警言，独创了茅氏“射水法”“沉箱法”和“浮运法”，逐一攻克难关，志在必得。期间正逢淞沪抗战，还冒着敌机的轰炸昼夜赶工。经过一千多天的寝馈其中，终于不负众望功成圆满。但谁也没想到，通车不满百日，

▲ 鸭绿江断桥

◀ 鸭绿江上双桥并立

▲ 残存的鸭绿江大桥

茅以升接到密令，要他亲手炸毁桥梁。本以为大桥建成，可以有力支援淞沪会战，方便抢运撤退物质，岂料战局失利，需要通过炸桥来切断日军的进攻追击之路。悲乎！本是造福人类的桥梁，奈何要以自毁成为阻击敌人的武器！哪知道深明丢卒保车大义的茅以升，非但没有丝毫的犹豫，而且早就在最难修复的桥墩上预留了埋放炸药的洞孔，接获炸桥指令后，于1937年12月23日毅然引爆，并立下誓言：“斗地风云突变色，炸桥挥泪断通途，五行缺火真来火，不复原桥不丈夫。”

在悲壮的叹息中，桥梁的特殊功能得到彰显，它可以替代千军万马阻挡来犯之敌，它能够挽救百万民众于危难之际。

抗战胜利后，在茅以升的再次主持下，1948年大桥的全面修复得以完成。

听说中国还有一座同样的桁架梁桥，被炸毁后不再修复，当作历史的纪念碑。2020年8月，我专程来到丹东，参观慕名已久的鸭绿江大桥。我们从小就会唱“雄赳赳气昂昂，跨过鸭绿江”，模糊的记忆中，首座钢铁大桥的印象，就是来自于志愿军入朝的画面。

眼前两座外形不同的钢桁架桥并列横跨鸭绿江，一座称为断桥的，在朝鲜一侧只剩下露出江面的几个桥墩，那是1950年被美军飞机炸毁的。本以为该桥被炸后，才造了新桥，哪知道边上仍在使用的公铁两用桥早在1943年即已通车。更没想到不仅这两座桥都是日本人建造的，鸭绿江上还有另外的四座大桥也不例外。当年志愿军雄赳赳气昂昂奔赴朝鲜前线，全都是踩着日本人造的桥跨过鸭绿江的。难怪茅以升发誓要为中国人争口气，自己设计施工造一座钢铁大桥。

桥梁，没有善恶之分，也不辨是非，无论是好人还是坏人建造，都是人类文明的结晶；不管是好人还是坏人炸毁它，只能反证它是多么至关重要。

鸭绿江不再修复的断桥，无非是要人们铭记历史，珍爱和平。祈愿世界上再也不会发生人为炸毁桥梁的悲剧，让每一座桥梁都能踏踏实实地造福社会。

▲ 留存纪念的断桥遗址

桥都之争以何为准

随着世上桥梁越来越多，有人喜欢把拥有桥梁数量最多的城市誉为桥都。不少人猜测，获得此项桂冠的一定是水城威尼斯，或者是被称作北方威尼斯的阿姆斯特丹。绝对没想到，号称世界桥都的竟然是德国的汉堡。这座位于德国北部的港口城市，所拥有的2500座桥梁总数，超过了威尼斯、阿姆斯特丹和伦敦三个城市的桥梁数量之和。然而，这种名位来自街谈巷议，从无任何机构给予正式颁布。

中国人听说后，笑了，2500座桥梁就敢称世界桥都？岂不是夜郎自大的故事再现！咱大上海仅一个青浦区，大大小小的桥梁就有2000余座。

▲ 汉堡的桥王

▲ 上海南浦大桥

▲ 天津海河桥上有摩天轮

上海有闻名遐迩的外白渡桥，有改革开放后国内最早建造的大跨度斜拉桥，南浦大桥、杨浦大桥、徐浦大桥，在册登记的市政公路桥梁达13500余座、城市高架桥约百公里长，还有约20000座没名没姓的水利桥、农耕桥等。魔都也是桥都，似乎理所当然。

同样是直辖市的天津肯定不服气，经过多年倾心打造的海河，已然

▲ 武汉长江大桥

成为露天桥梁博物馆。为了充分展现桥梁的形形色色，还不惜把摩天轮也搬到了桥上，当作人无我有的巨大亮点。桥都的名号，志在必得。

地处九省通衢要害的武汉，拥有万里长江第一桥，那可是中华人民共和国成立后建造的第一座公铁两用大桥，成为新中国建设史上最伟大的成就之一。何况武汉周围的长江和汉江上，先后建成的约20座大桥，座座雄伟壮丽，岂容苏州河、海河上的那些百十米长的桥梁相提并论！桥都之称非武汉莫属。

正当三大城市各执一词互不相让的时候，被人遗忘的偏远贫困山区贵州，悄悄地提交了一份高分答卷，让所有人大呼意外。

这些年贵州埋头苦干，也在默默地塑造"世界桥梁博物馆"，仅公路桥梁就有约30000座，且几乎覆盖了桥梁的所有结构形式。尤其是地处山区高原，贵州桥梁的海拔高度位具世界第一。有人统计过，海拔最高的桥梁世界排名中，贵州非但拔得头筹（北盘江大桥565米），且有14座大桥进入前二十名。《中国高速公路建设实录》中收录了100座特大型峡谷桥，有一半在贵州。由此流传着一种说法：“世界路桥看中国，中国路桥看贵州！”贵州恰似一个毫无背景的寒门子弟，十年寒窗无人问，一举成名天下知。

纵然贵州考出再好的成绩，其参赛资格也很难让人接受。因为桥都之名往往是针对一个城市而言，绝非一个省份。

然而，螳螂捕蝉黄雀在后。半路又杀出一个程咬金，1997年重庆市成为直辖市，仅过八年之后即2005年，重庆高调宣布，当选中国唯一的桥都。知道黄婆卖瓜旁人不服，重庆出示了权威性的证据：这是茅以升桥梁技术委员会根据大型桥梁的数量、规模、种类以及建造技术难度、社会影响力共五个方面综合评定的结果。还得意地亮出骄人的成绩单：重庆既是山城，又含两江（长江和嘉陵江），主城的跨江大桥就有22座，且有5座大桥夺得世界第一。

▲ 望而发晕的贵州桥梁

▲ 2011年经过贵州坝陵河大桥

▲ 贵州荔波县城的拉索桥

重庆二十多年来的快速发展，确实有目共睹，为了多拿几个世界冠军，拼足了力气。但要坐稳桥都的宝座，并不容易。首先，重庆的“准考证”就被众人质疑，虽说是直辖市，而实际的地域面积却是上海的10多倍，相当于半个贵州省，这不是好比成年人硬挤到少儿组参加比赛吗？巫山长江大桥，被称为世界最大跨径钢管混凝土拱桥，距离重庆市区450多公里，5个多小时车程；万州长江大桥，有世上最大跨径钢筋混凝土拱桥之称，距离重庆市区250多公里，3小时车程；被当作宝贵历史文物的丰都名山奈何桥，距离重庆市区也有150公里，需2小时车程。看

▼ 重庆朝天门钢拱桥

▲ 2010年经过巫山长江大桥

似与重庆八竿子打不着，居然都归在重庆的成绩单里，类似控股公司的合并报表。尽管如此，重庆还是拿不出一座足以代表城市形象的典型桥梁，如同上海的外白渡桥。朝天门大桥、菜园坝大桥虽有世界冠军的头衔，可除了专业人士，有多少人会慕名专程前去观赏？茅以升桥梁技术委员会也给予了客观中肯的评价：重庆的桥梁社会影响力不够。

无论是“四大金刚”称雄（上海、天津、武汉、重庆），还是“五朵金花”并艳（且计入贵州），无疑都是中国桥梁业蓬勃发展的幸事。当我们只争朝夕快速地建造出一批批桥梁时，在欢呼一座又一座大桥获

▼ 万州长江大桥

▲ 上海外白渡桥

得世界之最时，切不能把桥梁当作仅仅是交通设施，冷冷冰冰的钢筋混凝土会把世界映照得一片灰蒙蒙，那将多么无趣！世界桥都也绝非简单取决于桥梁的数量，肯定还需要有深厚的历史与文化底蕴。恰似赏心悦目的桥梁之美，不是仅由奇丽的外形决定，还有它身后的故事、隐藏的内涵，以及人们所倾注的情感。如今提倡“城市有温度，建筑可阅读”，不正是这个意思吗？愿我们每一个地方的美丽桥梁，都能成为不老的传说。

▲ 重庆菜园坝大桥